波动

北岛集

波动

生活·讀書·新知 三联书店

1971年在京郊房山东方红炼油厂

《波动》手稿（1974年）

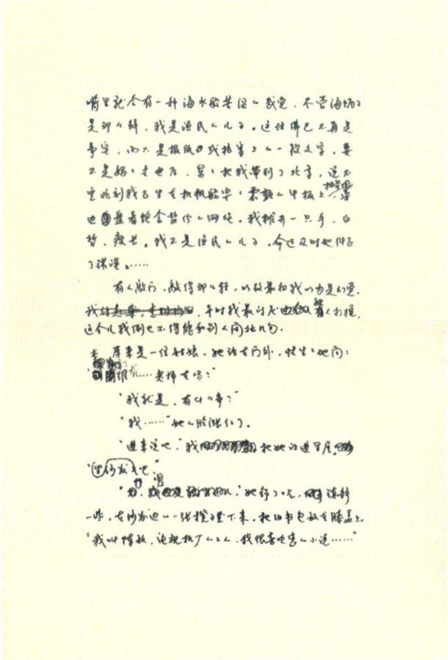

《波动》手稿二稿

《波动》手稿封皮(1974年)

1980年油印本《波动》（署名艾珊）

《波动》1985年初版　　《波动》2012年修订版

三联版小序

窗户,纸和笔。无论昼夜,拉上厚窗帘,隔绝世上的喧嚣,这多年的习惯——写作从哪儿开始的?

面对童年,与那个孩子对视。皆因情起,寻找生命的根。从十五岁起,有个作家的梦想,根本没想到多少代价。恍如隔世,却近在咫尺:迷失、黑暗、苦难、生者与死者,包括命运。穿越半个世纪的不测风云——我头发白了。

按中国人说法,命与运。我谈到俄国诗人曼德尔施塔姆。除了外在命运,还有一种内在命运,即常说的使命。外在命运和使命之间相生相克。一个有使命感的人,必然与外在命运抗争,并引导外在命运。

十九岁那年当建筑工人,初试动笔,这是出发的起点。众人睡通铺,唯我独醒。微光下,读书做笔记,静夜,照亮尊严的时刻。六年混凝土工,五年铁匠,劳动是永恒的主题——与大地共呼吸。筑起地基,寻找文字的重心;大锤击打,进入诗歌的节奏。感谢师傅们,教我另一种知识。谁引领青春岁月,在时代高压下,在旱地的裂缝深埋种子。

四十不惑，迎风在海外漂泊。重新学习生活、为人之道，必诚实谦卑。幸运的是，遇上很多越界的人，走在失败的路上。按塞缪尔·贝克特的说法，失败，试了，失败，试了再试，多少好点儿。谁都不可能跨越，若有通道，以亲身体验穿过语言的黑暗。打开门窗，那移动的地平线，来自内在视野。

写作的人是孤独的。写作在召唤，有时沉默，有时叫喊，往往没有回声。写作与孤独，形影不离，影子或许成为主人。如果有意义的话，写作就是迷失的君王。在桌上，文字越过边缘，甚至延展到大地。如果说，远行与回归，而回归的路更长。

我总体愚笨。在七十年代地下文坛，他们出类拔萃，令我叹服，幸好互相取暖，砥砺激发。我性格倔强，摸黑，在歧路，不见棺材不掉泪。其实路没有选择，心是罗盘，到处是重重迷雾，只能往前走。

很多年过去了。回头看，沿着一排暗中的街灯，两三盏灭了，郁闷中有意外的欣喜：街灯明灭，勾缀成行，为了生者与死者。

北岛
2014 年 12 月 8 日

目 录

1   序   李陀

43   波动

225   附录 断章

序

李 陀

北岛是1974年10月前后动笔写作《波动》，并于"11月下旬某个清晨"完成了初稿。

这在他的一篇回忆文字《断章》（见本书附录）里说得很清楚。我觉得了解《波动》的这个写作时间，无论对读这部小说，还是评论这部小说，都很重要。

我最初读到《波动》大约是在1979年的下半年，具体时间记不清楚了，但小说开始的一段文字给我印象太深了：

> 东站到了，缓冲器吱吱嘎嘎响。窗外闪过路灯、树影和一排跳动的栅栏。列车员打开车门，拉起翻板，含糊不清地嚷了句什么。一股清爽的空气迎面扑来，我深深吸了一口，走下车厢。

这一段文字从此潜沉在我的脑海里。我常常会无缘无故就想起这些文字,以及这段文字所承载的声音、光影、色彩、味道和气氛,像是在默诵童年时候背下来的一首诗。

好多年过去了,从1974年到现在,无论文学,无论文学批评,无论文学读者,都发生了巨大的变化,特别是九十年代以来,文学世界可以说沧海桑田——对我来说,虽然天天生活其中,这已经是一座完全陌生的城市,在这城市的大街小巷里游荡的时候,不禁常常迷惑,这到底是什么地方?我怎么到了这里?同时,我会不时地想起《波动》,像在路口终于碰到了一个熟朋友,然后就站下来和他讨论,我们现在是走到哪儿了?这个城市真是我们曾经生于此、长于此的那座城市吗?究竟是什么原因,它今天成了这个样子?

现在《波动》终于要再版了,这是个机会,我把阅读这个作品的一些感想和联想写下来,诉诸广大读者,还有批评家们和文学史家们,也是了结一桩多年的心事。

一

我还是从《波动》开篇那第一节说起。

东站到了，缓冲器吱吱嘎嘎响。窗外闪过路灯、树影和一排跳动的栅栏。列车员打开车门，拉起翻板，含糊不清地嚷了句什么。一股清爽的空气迎面扑来，我深深吸了一口，走下车厢。

这节文字，不算标点，整整71个字。但是，在这么短的一段文字里竟然有10个动词：到——响——闪——跳动——打开——拉起——嚷——扑来——吸——走下。

为什么我这么在意这段文字里动词的数目？注意这样的细节有什么必要？这有一个重要的理由，因为这里隐藏一个"秘密"，它涉及小说叙事中一个重要的技术：事的速度。过去，很长一段时间里，我虽然喜欢这节文字，但由于慵懒，一直没有认真追究，自己究竟为什么这么喜欢？有时候，我会把它归结为：这节文字虽然也"叙事"，但充满了诗意，像一首短诗，其中一组一组的意象很破碎，有声音，有光影，有色彩，有味道，还有气氛，可是由于被有机地拼凑/组织在一起，就构成了一个具有短诗结构的整体意象，是这意象在迷人。不过，这样一个解释其实并不能使自己满意，总觉得并不能充分说明我为什么如此喜欢这一小节文字。直到最近，我突然想到应该琢磨这节文字里的动词的数目和分布,才一下恍然大悟,"秘密"在这里!

一段只有71个字的叙事,却有数目多到10个的动词来推动——这是多么快的节奏。

如果《波动》仅有一节文字有这样的快速的叙述节奏,那说明不了什么。但是,这样的叙事速度,恰恰是《波动》写作的一个显著的特点,这第一节可以说为整部小说定下了调子,也可以说为整部小说的叙事速度建立了一个模式。如果我们阅读这部小说的时候,暂时忽略人物、故事和情节,把兴趣集中起来,专门看看《波动》的叙事速度,用心的人一定不难发现,其实整部小说的叙事都如第一节一样,推进得相当之快,而且这个"快"往往都和动词的运用有关。当然,任何一部小说的写作都离不开动词,没有动词根本不可能形成叙事,但是,同样明显的是,注意使用动词并不一定提高叙事速度,有时候甚至会减弱速度。《波动》的叙事能够这样快速迅捷,实际上涉及动词在叙事中的数量和分布,动词在叙事中的动作性,动词能否强化叙事的现场性(颜色、气味、声音、空间形式)等多个因素,这些因素综合在一起形成一定共时性效应,才能构成加快叙事速度的动力。

不过，我这篇文字是一篇序言，要对小说写作中叙事和动词运用的关系做深入的分析，此处并不合适，也许以后有机会再予讨论。

这里需要做一个补充，《波动》对叙事速度的经营，除了上述的动词运用，还有其他技术和策略。例如不断变换叙述视角——小说有五位主要的人物：萧凌、杨讯、白华、林媛媛和林东平，五个人分别形成五个叙述（自述）角度，故事和情节就在这五个叙述角度的迅速转换和切换中展开。不过，这样的转换和切换，其实是一种很常见的叙述技术，如果仅仅依靠这个，小说未必一定获得理想的叙述速度。所幸的是，《波动》写作还采取了另一个策略：在叙事诸要素当中，强调对话功能，把对话要素作为第一位的、首要的、也是主要的叙事手段。凡是阅读《波动》的人一定会对小说中大量的对话有深刻的印象，这个"大量"很重要，如果以香港中文大学出版社1985年版的《波动》做粗略的统计，在全书近三千六百多行的文字中，对话竟有二千多行，而且大多都比较短促，相当接近人们的日常对话，动感很强，节奏很快。如果说多视角叙述角度并不是什么新鲜的小说技巧（只是近年不怎么流行而已），但是这样和大量明快的对话相结合，小说的叙事速度就获得了一种强大的动力，增速惊人。

读《波动》，小说叙事畅快得有如清泉石上流，虽然也有略微平缓或婉转的时候，但绝没有拖沓和停滞，更不会有淤积或堵塞。

在我看来，这简直是个奇迹——有如此速度的小说放在今天也是不多见，问题是，怎么会出现在1974年？

太早了，早得难于解释。

二

一般来说，一部小说的叙事速度是快还是慢，并不是评价小说的特别重要的尺度，更不是唯一的尺度。

但是，如果整整一个时代的小说，都沉溺于舒缓的、沉闷的甚至是慢腾腾的叙事速度呢？如果一个时期的小说作家都对叙事速度毫不在意也毫不自觉，一律都以一种慢节奏的叙述做时尚呢？如果由于社会风气的变迁，一代新读者已经不能忍受慢得如此烦人的叙事了呢？如果一种文学变革正在酝酿，或者这文学变革已经在发生，而叙事速度某种程度上正好是这个变革的一个关键呢？如果在当今网络文化包括网络写作的巨大压力下，小说写作中已经有了对新的叙事速度的追求，可是一直被出版界的大腕和批评界的大腕有意无意地忽视、冷冻和压制呢？

在这种情况下，叙事速度就不是一个无关紧要的小事，相反，无论对作家，对批评家，还是对读者，都是一件大事。

坦白说，这正是我读《波动》的一个最大的感想——在"主流"文学的写作里，或者说在当下绝大多数的小说写作里，叙事速度普遍都太慢了，这种"慢"，已经成为当代读者和当代小说之间一道被擦得过于干净的玻璃幕墙。

记得很清楚，大概是在阅读九十年代所谓"个人化写作"（后来发展为"私人化写作"）那些小说的时候，我开始不耐烦，怎么节奏都这么慢吞吞、呆板板的？时间有如滞重不动的冰河，空间也乱得像一锅黏稠的粥，凭什么读者要读这样的作品？有什么理由我们非要把自己放在这样扭曲的时空里受折磨？这到底是为什么，小说变得这么不好读？开始，我还认为这是小说所叙之"事"过于琐碎的结果——一旦写作的理由完全以"个人／私人"来定义，琐碎就会变成一面闪着灰色光芒的旗帜，在这面旗帜的招引之下，个人经历、个人经验、个人情感，包括个人的私密中那些最幽暗的心理，不管多么琐碎细小，就都有充足的理由凑合／集合起来变成文字，然后再组装成一个个欲掩非掩的窗子来等待他人的窥视。这样的作品自然不易读，一个人如果没有相当强烈的窥视欲，或者正好在其中发现自己的镜像，阅读势必成为对读者耐心的考验。但是，后来发生的一件事，让我知道自己这个看法并不准确。大约是1996年的一天，一位作家来访，并且和我讨论她新出版的一部小说，我不客气地批评这部小说的写作过于散漫，毫无节制，也不讲结构，不料这位作家反驳我说，她这是学习普鲁斯特，小说写作根本不应该有规则的限制，应该像一盆水泼到地上一样，流到哪儿是哪儿——这给我印象太深了，原来人家是这么写作的！由于这位作家的小说是很"个人化"的，所以我再读这一类小说的时候，就有了一种好奇：这种"泼水"式的写作是不是很普遍，有多普遍？不能说我的阅读有多广，但是当我把一些被媒体、被评论界十分赞扬的有代表性的作品找来细心读过之后，真是非常惊异，原来到处都在"泼水"，原来"个人化"和"私人化"的小说差不多都是一盆水一盆水泼出来的！更麻烦的是，我还发现这样的写作一直被竞相模仿和复制，以至九十年代匆匆过后，"个人化／私人化"这一路小说也像飒飒而过的微风，已经踪迹难寻，但"泼水"式的写作却顽强地存活下来，依然时髦。

问题是，即使"泼水"式的写作成一时风气，这样的写作是不是小说叙事滞慢的唯一原因？如果细究，我以为还有更深层的理由。这不仅要从近些年的小说写作的具体实践和写作环境的激烈变化中寻找原因，恐怕还要反思1980年代以来的文学观念变迁的历史，是不是根子还在那里？

一个例子是自由间接引语的盛行。

我不能肯定在"文革"后的小说写作里，自由间接引语究竟是什么时候被作家们特别看重，又是什么时候渐渐流行起来的——可能和西方现代主义对八十年代写作的影响有关，如果回头检阅一下，在那时候很火的一些作品里，自由间接引语的运用已经相当熟练；另外，也可能和弗洛伊德学说的突然时髦有关，"潜意识"、"意识流"一下子大大拓展了文学探险的空间，而自由间接引语正是描写和进入"内心世界"最方便的技术。不过，在我的印象里，大概是在1990年代之后，自由间接引语才开始在小说写作中泛滥,且泛滥成灾。我有一个习惯,每隔一段时间就到图书馆去,把一个时期里的文学期刊翻阅一下,尽可能使自己对小说潮流有一个总体的、大致的了解。让我十分震惊的是,每次翻阅,一个相当强烈的印象是:那么多文学刊物,那么多小说作者,除了很少的一些例外,在写作上竟然如此雷同:几乎每一篇,甚至每一页,都是自由间接引语的无节制的运用,这样的无节制,又进一步为"泼水"式写作提供了更方便也更有效的技巧和形式——只要小说设计了一个人物,写作就可以沿这个人物的所见、所闻、所感、所想而铺排下去,不需要情节,不需要对话,不需要人物塑造,不需要结构经营,只要顺人物的见闻感想一鼓气写下去,于是几万字,或十几万字的小说就很容易轻松完成。这确实很像泼一盆水,流哪儿是哪儿。可是,这就是小说吗?这就是小说写作吗?

我曾经想写一篇题目为"懒惰的写作"的文章,认真讨论一下这种懒惰风气给小说写作带来的问题。但是,每次要动笔的时候,总为涉及的问题太多而颇费踌躇,这种懒惰的写作的成因是什么?主要的问题是什么?从哪里进入才能把问题说清楚?想来想去,我觉得叙事速度是个要害。不管作家有什么艺术追求,写小说是要给读者看的,而今天的读者,特别是作为当代文学主要受众的青年读者,已经不能忍受并且拒绝阅读叙事滞重的小说(要知道,这一代读者是在MTV和动漫的叙事中长大的,现在很多小说一版印数常常只有几千本,为什么?我以为读者的回避和拒绝,是一个非常重要的原因)。不过,踌躇再三,这篇文章始终没有写,因为我觉得写这样的文章最好避免空说,最好是用一个具体的写作来说明你期待的叙事速度是什么样子。正好,现在《波动》要再版了,我找到了一个机会。在为《波动》写的这个序言里提出叙事速度问题,可以比较直观和具体,也比较尖锐——早在1974年做到的事,难道今天反而不能?

把话说得这么尖锐,并不意味我认为《波动》的写作多么自觉和成熟,恰恰相反,这部小说不过是一个二十几岁的青年工人的试笔之作,起笔落笔之间,稚嫩多有。但是写作永远是一个神秘的事情,为什么恰恰这样一个作品具有如此畅快的叙事?是什么样偶然和必然的因素促成了这样的写作?这大概很难解释清楚。不过,无论如何,今天再读《波动》,叙事速度问题显得这么突出,绝不是偶然的。

三

短篇小说《伤痕》写作于1978年,同年8月11日发表于《文汇报》。从那以后,"伤痕"就成了一个时代文学的主题,特别是在以"文化革命"为题材的小说写作里,这个主题无处不在,不但控制了所有的叙事和修辞,也控制了所有的情感和思考。今天回头再看,以"伤痕文学"命名这样一个文学运动,也算恰当。

《波动》初稿于1974年,定稿于1979年,并在《今天》第四至六期以连载的形式发表。无论从时间看,还是从内容看,这当然也是一部写"文革"的小说。可是,无论1979年时候的第一次阅读,还是多年以后的重新阅读,我从来都没有把《波动》看成是"伤痕文学"——尽管这部小说里也写了伤痕,内容里也有和其他以"文革"为题材的小说比较近似的地方,但我一直觉得,《波动》是和"伤痕文学"十分不同的另一种写作。

如果《波动》不是一般的伤痕写作,那它写的是什么?

我想从这部小说的故事说起——《波动》的主线是一个相当简单的爱情故事,主人公杨讯和萧凌偶然相遇,很快相爱,又很快分手,这无论在"文革"年代,还是在今天，都是很普通也很常见的故事，并无新意。但是，在《波动》的故事里，这个简单的爱情故事被演绎得与众不同：两个人的遇合离分总是带有一种诗意的凄婉，这凄婉中又自始至终夹杂一种诗意的苦涩。

"你应该了解！"她提高了声调，声音中包含着一种深深的痛苦。我凝视她。我忽然觉得，在阳光下她的头发渐渐白了。

沉默。

"够甜吗？"她忽然问。

"有点儿苦。"

她把糖罐推了过来。"自己加糖吧。"

"不用了，还是苦点儿好。"我说。

这是杨讯和萧凌第二次见面时候的一段对话。当时的场景，是萧凌在自己的简陋的小屋里请杨讯喝红茶，这本来应该是一个很温馨的时刻，但是两个人却不由自主地陷入沉默，沉默中，杨讯看萧凌竟然产生了一种感觉："在阳光下她的头发渐渐白了。"这样的感觉不仅很奇异，而且很凄惨。一般来说，爱情往往是一个很复杂的感情过程，一旦两个人陷入爱情的漩涡，忽喜忽悲，欲生欲死，产生什么样的微妙奇特的情感都是可能的，但是，一个人和自己爱慕的女孩见面不久，就产生了这样凄苦的情感，那绝不是好兆头，不仅预示两个人的情感纠葛会困难重重，而且内容沉重。

跟随杨讯和萧凌的爱情故事继续前行，我想读者多半都会对这种沉重有深刻的印象。可以说，他们的爱情从一开始就很艰难——萧凌第一次见到杨讯的时候，不但非常戒备，充满了敌意，甚至在背后的手里还握一把匕首。而且，随故事的发展，萧凌的戒备和敌意一直存在，像一个无法根除的病灶，不时就会发作，让爱情一次次在破裂的边缘上受尽折磨，而那种诗意的凄婉和苦涩也就尽在其中。我们不能不问：萧凌为什么会有这样的敌意？杨讯又为什么一定要在这敌意里寻找爱情？

这在萧凌和杨讯之间不断的口角和冲突里，我们可以找到一定的解释。萧凌的敌意，很大程度上是来自两人不同的身份：萧凌有一个典型的知识分子家庭背景，父母都是"高知"，另外，通过背诵洛尔迦的诗，弹奏《月光奏鸣曲》等等细节，还可以看出她是一个典型的"小资"。不过，由于家破人亡，成为"孤儿"，萧凌又是一个在"文革"中历经磨难、伤痕很深的小资。杨讯则是一个典型的干部子弟,只是由于下乡插队的锻炼,还为"抗公粮""蹲过几天县大狱",所以褪掉一些纨绔习气,多了几分痞气。不过,这种痞并不深入,并不能磨去他身上的阶级烙印。看他还是有办法留在北京,还能随意在干部子女的小圈子里出出入入,就难怪萧凌尖刻地说杨讯来自"另一个星球",在那里,"每个路口都站着这样或那样的保护人"。这样,一个是带深刻伤痕的"小资",一个是暂时落难的当代"公子",当爱情在这样两个人中间展开的时候,如同古往今来多少类似故事一样,阶级就成为这爱情必须跨越的鸿沟。不过,耐人寻味的是,在《波动》的叙事里,这个跨越的艰难,并不平均地分摊在两方,而主要是通过萧凌来表现:即使已经深深陷入爱情,已经完全不能自拔,她还是固执地不断对杨讯说:"咱们的差异太大了。"很明显,萧凌这么说的时候,清楚地看见了脚下的鸿沟;历尽重重磨难,这女孩已经失去了最后一点安全感,不能不担心自己会又一次坠入深渊。而在杨讯这一方,则是始终不承认并且也感觉不到有什么"差异",甚至不太明白这差异到底是什么。这不奇怪,当人与人之间发生强势和弱势的关系——特别是阶级关系的时候，强势一方往往如此。他们不仅看不见差异，而且会问，有什么必要强调差异？强调差异有什么好处？杨讯的情况正是这样。尽管他是落难公子，但是，他毕竟还是一个仍然有权享受"终生保护"的"公子"，这个"公子"身份，使他有一种萧凌不可能有的强大的自信，这种自信为他的想象力构筑了一个无形的边界，无论设想他的爱情是否面临难以克服的鸿沟，或想象萧凌会不会接受他的爱，都在这边界之外。

两个青年人的爱情里始终弥漫一种不祥的凄婉，但这凄婉其实主要来自萧凌，深陷在这苦涩的爱情里的杨讯，只是不得不感受或分享这凄婉而已。

四

萧凌是个小资。

小资这个说法大约是1990年代以后盛行起来的，有意思的是，本来这个词里面或是后面所应该有的严肃内涵——"小资"是小资产阶级这阶级概念的简称——此时被悄然抹去，变成了一种多少显得轻佻又很"前卫"的特指，指向一种与"白领"梦想相关的生活方式和生活态度，例如是不是为了"品位"只喝卡布基诺，是不是喜欢流浪式的长途旅行，是不是喜欢在音乐和读书过程里体会"孤独"为内心带来的微澜细漪等等。如果仅仅从生活方式的角度看，这些理想和梦想尽管很轻很薄，但这轻薄并不简单，其中有相当严肃的内容，究其深处，实际上是要建立一种特定的价值系统的努力，其中又隐含对某种新的生活／社会的强烈向往。问题是，在今天，当全球化浪潮正在全世界的广大范围内建立一个新秩序，并且以空前的大变革无情地改造二十一世纪现实所有方方面面的时候，小资们这类轻而薄的梦想追求，已经在很多层面上和这个大秩序发生了激烈的甚至是难以调和的冲突，按说这样的冲突本来足以让小资们却步，甚至感到某种幻灭，但实际情况似乎并不如此。小资们今天不仅数量上越来越庞大，而且种种迹象显示，他们没有放弃的意思，依然在坚持于二十世纪九十年代形成的理想和价值追求，而且，经过某些观念和策略的调整，这种坚持正好成为小资们自觉地参与当代中国变革的某种动力。可以说，小资们是当代生活中最活跃的社会群体之一。

把萧凌放在这样一个视野里，我们会发现，原来《波动》早在上世纪七十年代就关注了小资这个主题：女主人公萧凌就是个典型的小资，不过她是个"文革"时代的小资，是当代小资的一位前辈。

在萧凌和杨讯的爱情故事里观察这位前辈，读者不难发现她和当代小资有很多相通之处：《月光奏鸣曲》，洛尔迦的诗歌，雪白的连衣裙，还有红茶和葡萄酒——这一类符号，恐怕今天也还是小资们共同认可，并藉以识别彼此是不是同类的重要标记。当然，如果追溯"小资"的历史之根，萧凌当然算不上是资格最老的前辈，自"五四"以来，文学写作已经为我们提供了一个人物画廊，其中大致属小资产阶级的各类人物形象数量不少，而在这画廊里，又以小资知识分子的系列最为惹眼。如果批评家对这个小资人物系列做一番考察，并且在考察中研究他们和当代小资之间的渊源关系，那一定是一项非常有意思的工作。我想，今天的小资如果有兴趣，其实可以从这脉络里一窥历代小资的社会性格和文化特征的嬗变轨迹，比较一下历代小资生活理想上的异同，从而在这些镜像里认识一下自己的过去。

不过，我们还是先看看萧凌。

放在小资人物画廊里，萧凌很特殊——她是一位生活在"文革"时代的小资,这不能不给文学批评带来一种好奇:这个人物比起其他时代小资来都有什么不同?这个形象有没有提供什么新东西?

首先令读者印象深刻的,恐怕是萧凌那种强烈的不安全感。一般来说,无论过去和现在,缺乏安全感是小资的共同特征,何况由于萧凌的敏感、多疑、富于想象这些个性特点格外突出,她在"文革"那样的环境里中没有安全感本来不足为怪,不过,不安全感在这个女孩子身上却有一种畸形的表现,那就是她觉得自己是个"贼",觉得自己生活里拥有的一切都不属自己,是她偷来的。甚至在深深陷入恋爱,并且周围的一切都因为爱情而蒙上诗意的时候,萧凌仍然会觉得她是在偷,在做贼:

> "可我偷了你,却一点也不满足。"她笑了,但笑容很快从她嘴边消失。她若有所思地摇摇头,拔起几片草叶。"真的,有时候我居然会有一种做贼的感觉,仿佛这一切都是偷来的……"
>
> "哪一切?"
>
> "落日、晚风、莫名其妙的微笑,还有幸福。"

一切都是偷来的,不但杨讯对她的爱是偷来的,就连眼前的落日、晚风和微笑也是偷来的——萧凌这种"偷"的感觉,可以说是她内心世界里最坚固的内核。萧凌在现实生活里并不柔弱,相反,在遭遇种种危难的时候还表现得相当强悍,一股傲气支持她,使她有如一根在雨雪风霜中挺立的芦苇,虽然细弱,却十分坚韧。但是,由于萧凌和这个世界是一种"偷"的关系,这傲气也就塑造了她的悲剧性格:既然不属这个世界,那么,与其被这个世界歧视、抛弃、放逐,不如自己主动拒绝这个世界。于是萧凌自觉地、甚至是相当自虐地把自己一次又一次从现实生活里"放逐",以"贼"的身份对现实的社会和生活进行固执而顽强的对抗,这在她的爱情生活里投下一重又一重的阴影,纠结了不尽的凄婉。

如果仅仅是这种自虐式的自我放逐,萧凌这个形象也许还不够独特,因为在某种意义上,通过自我怜悯,并且把这种自我怜悯进一步戏剧化、悲情化以对抗生活中的"恶",这往往是小资画廊里大多数人物的通病,只不过时代的烙铁在每个人额头上留下的印记不同。幸而,《波动》对萧凌的刻画还设置了另一个更重要的维度,那就是弥漫在萧凌精神世界里的一种既非常坚韧又十分简单幼稚的虚无主义,也许这才是萧凌这个小资形象里最值得我们琢磨的特征。

和世界上所有爱情一样,杨讯和萧凌的爱情里并不缺少种种或甜蜜或苦涩的细腻情感,但是用今天的小资们的眼光来看,有一件事很难理解:谈恋爱,"谈"当然不能少,为什么两个人要谈那么多又沉重又严肃的大话题?还为它们争论不休,影响感情?这问题回答起来并不容易,因为在中国,自从有了"自由恋爱"以来,多少代人的爱情都是和"大话题"纠缠在一起的,如果仔细讨论,那要涉及从"五四"到"文革"这一漫长时期中历代青年的世界观形成,以及"爱"和"情"这两样东西,又如何不能不被具体的历史环境限制等等问题,这恐怕需要作为一个大课题作专门的研究。不过,具体到杨、萧两个人,如果要分析一下那些引起他们无限烦恼的大话题,倒可以直接从萧凌的虚无主义入手,因为这对恋人的每一次争吵,包括两人要分手的严重情感危机,其实都和萧凌扔下虚无主义这块大石头有关,杨讯每次都被这个石头绊倒,并且每一次都摔得鼻青脸肿。

"在你的生活中,有什么是值得相信的呢?"

当萧凌这样问杨讯的时候,她希望得到什么回答呢?是一道测验题,想测验两人之间在思想上到底有多少共同点吗?还是在绝望里又一次估算,想估计一下两个人之间的阶级鸿沟到底有多宽?不管怎么样,对这样一个充满危险的质问,杨讯似乎完全没有意识到它的严重性,想当然地回答说那是"祖国",并且进一步解释:"这不是个用滥了的政治名词,而是咱们共同的苦难,共同的生活方式,共同的文化遗产,共同的向往……这一切构成了不可分的命运,咱们对祖国是有责任的。"按说,这个回答即使比较一般化,也还算是一个无论过去现在都能得到多数人认同的说法,但是萧凌的反应非常激烈:"算了吧,我倒想看看你坐在宽敞的客厅是怎样谈论这个题目的。你有什么权力说'咱们'?有什么权力?!"批评如此尖锐,两个人之间的阶级鸿沟一下子被突显出来,似乎两个人脚下的土地被无情地撕开,原来的裂缝一下子变成了深渊。话已经说到这么绝,可萧凌还不罢休,最后断然宣布:"谢谢,这个祖国不是我的!我没有祖国。"

无论在"伤痕文学"当中,还是在其他"文革小说"当中,如此宣布和"祖国"断交甚至绝交的人物形象,绝不只萧凌一个,那是一个群体,甚至可以说是一个家族。不过,尽管很容易找到萧凌和这个家族的某种血缘的和非血缘的联系,《波动》所刻画的萧凌这个人物,还是有更特别的地方,那就是她不仅在"自我放逐"的折磨和痛苦中根本否定"祖国"和"责任"的意义,而且根本否定意义本身——

　　意义,为什么非得有意义?没有意义的东西不是更长久一些吗?比如:石头,它的意义又在哪儿?

生活为什么非要有意义?意义本身就没有意义——萧凌对意义这种激烈又彻底的否定,并不是她和杨讯激烈争执中的一时气话,仔细阅读《波动》,我们不难发现这种否定对于萧凌不但是一贯的,而且还是她"自我放逐"的根本理由。

如果我们的视野不限于"伤痕文学",而是对大量有关"文革"的原始文献做细致的审读和分析,我相信读者一定会发现萧凌绝不只是一个活在纸上的文学形象,无论是萧凌式的自我放逐,无论是作为这种自我放逐的内在动力的虚无主义,在那个时代,特别是在"文革"

的后半期其实都是普遍存在的,经历过那些岁月的人,一定不会觉得陌生。

五

把小资作为一个单独的范畴,然后讨论他们在"文革"中的命运,追踪这个群体在二十世纪六七十年代思想发展的轨迹,仔细研究他们的言论和著述的文化政治内涵,我想会非常有意思,一定能对中国小资增加很多新的认识;何况,如果回顾一下二十世纪八十年代,当"新启蒙"和"思想解放"这两个既有关联又根本区别的运动纠葛在一起,并且以各自的思想建设为中国的"改革"铺路搭桥的时候,我们也不难发现萧凌们的身影——那么,他们当时又都做了些什么?那种在"自我放逐"掩护下的虚无主义是不是也分别在两个运动里或明或暗地膨胀、涌动,悄悄地在"改革"的历史中留下了深刻的印记?

如果深入琢磨这些问题,也许我们能构想并且勾画出一部二十世纪八十年代的小资精神发展史,不过,那会离题太远。在这里我更感兴趣的问题是,"文革"已经过去几十年了，今天读《波动》，萧凌是不是只有放在文学的小资人物画廊里，只有把她看作当代小资们的某类历史前辈，才能引起今天读者的兴趣？才能在阅读中获得某种意义？我以为不是，相反，这个小资形象完全可以放在当代社会生活里给予审视，并且获得新的读解空间。

我这么想有一个重要理由：由于二十世纪九十年代以来"改革"被一步一步地深化，"小资"这个概念，以及和这个概念相关的社会现实，也已经被深刻地"改革"，认为那不过是由于在生活的"品位"和"格调"上有某些特殊追求，并由此形成的一个具有一定文化归属感的特殊群体，这已经不符合当今的现实。我以为，今天说小资，说小资产阶级，我们不能离开"改革"所创造的一个重要的社会变动，那就是"中产阶级"的兴起。这是一个新的社会现实，正是这个新的现实构成了我们今天认识、讨论"小资"的新环境和新语境。

"中产阶级"或"中产阶层"，虽然是一个近年才流行红火起来的舶来词，但是它却负载了中国人太多太多的想象、愿望和梦想，被赋予太多它可能承担和不可能承担的意义，几乎被当成了一把能够化解一切危机、解决一切问题的金钥匙。但什么是中产阶级？究竟哪些人算中产阶级?被认定为是"中产阶级"的标准是什么?这样的追问,每每都会给学者和媒体带来很多的困扰,似乎谁都说不清。为什么会这样?一个在政治层面、社会层面和理论层面都如此重要的概念,为什么总显得含含混混,让人捉摸不定?特别是,无论国内国外,研究讨论这个问题的相关专著和论说数量不少,其中有些以"中产阶层"和"中间阶级"做专题的研究,不但方法越来越细密,甚至试图用一定的量化分析作支持,可它的身份却依然暧昧,越说越说不清。这到底为什么?如若细究,其中恐怕隐藏很深的政治无意识或深刻的政治谋略,可能牵涉一些有意无意划定的禁区,一些不能触动的秘密奶酪。用俗话说,就是水很深。为此,与其继续在学理上较真,我认为不妨这样提出问题:既然西方社会的舆论普遍认为,"二战"后的"新中产阶级"基本上是由工薪阶层构成,同时,中国今天也形成了一个共识,认为中产阶级的主要标识是"有房有车",而有房有车的工薪阶层大多是雇佣或半雇佣的劳动者,那么,为什么不能直接就把他们看作是当代社会中的小资产阶级?在过去有关的很多论述中,特别是那些经典阶级理论中,说起小资产阶级,往往都是首先指向小业主、小商人,或者指向汪洋大海一般的广大农民,但是既然"二战"以后在西方崛起的"新中产阶级",还有今天在中国改革中新鲜出炉的更加青春的"中产阶层",都已经是公认的新现实,那么,是不是有必要对当代小资产阶级有新的论述?是不是可以把与当代城市发展紧密联系在一起的中产阶级,看作是今天小资产阶级的主体?看成是一种新兴的小资产阶级?是不是有必要把所谓的中产阶级社会直接、干脆地看作是全球化过程催生出来的新的小资产阶级社会?当然,如此看待今天的小资产阶级,有一个很大的麻烦:这必然会与以往那些有关中产阶级和小资产阶级的论述有尖锐的抵牾,但是,我以为应该更尊重现实,理论毕竟是灰色的。

在二十世纪九十年代初,"小资"这个说法的出现和流行,今天看来不是偶然的,它不但是中国新一代小资产阶级的最早的自我意识,而且,是一个新型的小资产阶级社会正在形成的最早征兆。

如何看待和评价这样一代新小资产阶级出现的意义?这需要把当代小资和当代社会/国家的经济、政治和文化等层面的变革联系起来,然后做深入的观察和研究,既要有材料的实证,又要有理论的务虚,那是一个很大的工程,远超出这篇序文的主题之外。但是,即使我们只把眼光缩小到很具体也很有限的范围,我觉得还是可以清晰地看到新小资对今天社会的重大影响。这突出表现于当代文化。大概任何人都会同意,二十世纪九十年代以来的中国文化发生了急剧的变化,即使说瞬息万变也绝不过分,但是如果我们追问,谁是这急剧变化的真正推手?在具体地重新绘制中国当代文化地图的时候,谁是具体的绘图员?还有,种种文化上的新观念、新规则、新做法谁又是最早的创导者和实行者?面对这样的追问,我想凡是熟悉近年文化的变动和变迁,并且对幕前和幕后都有一定观察的人,答案恐怕是一样的——这些推手、绘图员和创导者、实行者,不是别人,正是当代的新小资们,特别是新小资中的精英们。中国的"改革"不但养出来一批富豪、富商,而且还养出了一批小资精英,他们占领了文化领域各个层面的主导位置,诸如刊物和报纸的编辑,商业电影和流行歌曲的制作人,各类广告和视频的直接或间接的生产者,网络世界里各个板块的操盘手,形形色色文化企业和产业中的策划人、执行人,新媒体所催生出来的各类新写作空间中的做文字买卖的各类写手,还有在学校、学院和五花八门的准教育机构中握有"育人"权的老师、学者——一句话,身居要津,小资精英们占据了文化领域的所有高地,所有咽喉要道。这个情况带来了一个非常奇特的形势:尽管国家和资本非常强大,在中国当代文化的生产中颇为自信地扮演主导者的角色,并且也都试图以政策和金钱的直接调控力或间接影响力,按照各自的需要试图控制文化之河的流向,但是,实际上,由于文化生产的上游下游所有环节都在小资精英的控制之下,不管国家和资本情愿不情愿,承认不承认,在今天,文化的主导权在很大程度上已经转移到新兴小资产阶级的手中。这个文化的主导权的转移当然带来很多严重的后果,可以预料,这些后果将对中国的今天和未来的改革产生深远的影响。不过,我这里只想强调其中的一个后果,就是中国当代文化的小资特征越来越鲜明,越来越浓厚,如果我们还不能断定这种文化已经是一种成熟的新型的小资产阶级的文化,那么,它起码也是一个正在迅速成长中的小资产阶级文化。更让人惊异的是,它一点不保守,不自制,还主动向其他各种文化趋势和思想倾向发起了一波又一波的攻势,以攻为守地扩大自己的影响,巩固自己的阵地,充满自信。

从这样一个视角观察中国当代文化，我本来可以在这里描绘出一个与平日人们印象很不相同的图景，但那需要很多笔墨，何况，我还是要回到萧凌，特别是萧凌的虚无主义这个话题上来——以上对中国文化主导权的转移的描述，实际上还是为了换过一个背景之后，重新再提起这个话题——我毕竟是在为《波动》写一篇序。

为什么一定要回到并且再说这个话题？难道萧凌的虚无主义，和当下文化主导权的转移有什么关系？回答这个疑问，我以为只要把萧凌和她的虚无主义当作一个分析试剂，滴放到今天新小资文化的长河里，就不难发现这样一个事实：原来在这条生气勃勃的河道里暗藏一股股虚无主义的激流，以至我们有理由相信，虚无主义的萧凌并不是一个孤独的后继无人的先行者。当然，世事无常，今天小资们的虚无思想远比他们的前辈丰富和复杂，他们已经不是简单地拒绝国家和社会，不是硬邦邦地说不，也不简单地说意义本身就没有意义这种幼稚话。相反，今天的新小资文化有一个显著特征，就是把意义游戏化、趣味化、消费化：小资精英们不仅把意义变成一种可以用来"搞笑"，用来取乐，使生活中一切可能的意义，都在符号层面上变质和贬值，变成某种能够在日常生活里轻松取乐的好玩的东西,而且,他们还非常精明地把这种经过变质和贬值的符号转化为某种文化产品来大量生产——这可以解释为什么小资精英们经常能够得到资本的宠爱,同时有意无意地和资本结成某种"战略伙伴"关系。

在这方面,一个典型的例子就是网络游戏和它背后的产业。这个产业是小资精英和资本的一种完美的结盟,有人出钱,有人出力,于是它的流水线能够夜以继日地大规模批量生产,无论是规模,无论是利润,绝对都让传统"制造业"一边惊讶,一边垂涎。而在这些游戏产品里,无论是最美好的爱情,还是最残酷的战争,不仅都被无情地以图像方式符号化,而且还被无情地游戏化、"搞笑化",爱情和战争在这个虚拟世界里完全失去了它们固有的严肃性和严酷性,只在消费的向度上被消费者赋予新的意义——意义并没有消失,虚无主义并不能完全消灭意义,小资们不过是利用它来制作和生产能够把生活的一切意义化为"游戏"意义的意义。在这方面另一个典型例子,就是"八卦"的生产和流行。这里我用了"生产"这个词,"八卦"也能生产?表面看来,我们今天面对的"八卦",是一个很难定义,甚至难以形式化的东西,它很像一种只在人们的言说中成形,又飘忽不定,既无方向也无规律的流风,这样的东西也能"生产"?似乎不能。但是,只要想到和看到这股流风今天已经完全不能离开手机和计算机,不能离开网络产业在背后的操作和推动,以及手机商、计算机商和网络商在其中获得的巨大利润,那就不难理解"八卦"确实也是被"生产"出来的,只不过是它的生产实体更"现代化",其技术操作和工艺流程更隐秘而已。这里特别值得注意的是,这种新的生产实体与旧的工业实体有一个重要区别,那就是参与生产的人员,在人数和资历上不受任何限制,不需要特别技术,也不需要资格证书。这正好对小资们十分有利,通过这样轻松的准入,他们就可以群策群力,共同把流风式的八卦变成一台巨大的可怕的信息处理机;通过这个机器,从最高级别的政治机密,到最轰动的黄色新闻,一律都被琐碎化、细密化、搞笑化,变成了可供说笑、可供娱乐、可以用来打发无聊的日子的精神海洛因,虽然剂量不大,却一样提供刺激和幻觉,即使上了瘾也没有大麻烦,安全可靠。

还可以从更多的方面来琢磨和说明今天小资的虚无主义的表现和特征,比如九十年代流行一时的"大话文化",再如近年对"小清新"艺术趣味的追捧,但是其中有一个方面,可以和萧凌的虚无主义做更直接的比较,那就是对文化消费的态度。如果做这样的比较,我们很容易发现,虽然都有一种虚无主义的生活态度,但是他们绝不相同:萧凌生活在其中的那个时代,一个主导价值观是理想主义,不只是萧凌,在《波动》中的其他人物身上,我们都能看到理想主义的东西,拿杨讯和林东平这对父子来说,他们不但有理想,而且有明确的政治理想;再如白华,在这样一个流落在"底层",只能以偷盗为生的人身上,我们也能看到理想主义的影子。而在今天,理想主义已经完全被消费主义替代,当代小资文化和消费主义文化已经亲密融合,难分彼此,不但共享着一个名义,而且共享一个实质。不仅如此,由于新小资精英表现出惊人的精力、热情和创造力,这种消费主义文化不仅表现出种种新的特征,新的元素,同时反过来也在影响新的价值观的形成。在这种新的价值观里,今天的小资们决不像萧凌那样迷于"大话题",并且在意义问题上纠缠不清,相反,今天的虚无主义是把大话题磨碎,磨得粉粉碎,然后在一片琐碎细密的小话题里寻觅并得到快乐,或许,还有某种做反抗姿态的满足。

当然，今天正在兴起的小资文化其实并不单纯，也不统一，包含多种成分和倾向，有的平和，有的激烈，有的左倾，有的右倾，它们之间存在各种复杂的矛盾和冲突，甚至是某种敌对，这可以做更细致的分析和描绘，但是我以为，如果把"搞笑"这个词的含义理解得宽泛一些，我们可以用"搞笑"来描述或概括这种新文化的最突出的特征，甚至可以说，"搞笑"已经成为今天小资文化的一种主流文化精神。在这样的精神面前，萧凌的虚无主义自然变得相当可笑：你严肃什么呀？傻B。

六

关于萧凌这个话题，也许我说得太多了。

当然，阅读《波动》，可说的、可以读解的绝不只萧凌这样一个人物。除了萧凌和杨讯，《波动》所设置的另外一些人物，老干部林东平，"穷叫化子"白华，以及萧凌的情敌、另一个官二代林媛媛；此外，林东平的同事兼死对头、也是"扛枪杆子出身"的王德发，流氓工人"二踢脚"，"客厅里的花瓶"发发等人，也都在故事中有重要的位置。尽管从写作角度看，这些人物写得不如萧凌和杨讯饱满,但是仍然能够让人有读解和批评的兴趣。

在这些次要人物当中,林东平这个形象尤其耐人寻味。

和一般"伤痕小说"不同,作为一个老干部,林东平没有被放置在如何被"打倒"、如何被迫害这样的经典图景中去描绘,相反,故事里的林东平是一个市"革委会"主任,也就是说,他是一个很早就被"解放",并且在"文革"环境中继续掌权的当权者。不过,在《波动》的故事里,这个老干部引起我们兴趣的,主要不是他的政治生活,而是他深刻的内心纠结。或许由于林东平是一个知识分子出身的干部,所以他总是在内省,当他发现自己和王德发这样的腐败分子做斗争,毫不妥协地进行"反腐"的同时,自己的一条腿也已经陷入腐败的泥淖的时候,他的无奈和尴尬是相当深刻的,甚至可以引起读者一定的同情。但是,当他为了"保护"自己的私生子杨讯,一面毅然把萧凌从工厂里开除、赶走,用自己的权力无情地拆散两个年轻人的爱情,一面还在内心里为此纠结不已的时候,这个老干部的内省就显得十分虚伪,这种虚伪也是相当深刻的。

> 我干了件什么蠢事啊,这个女孩被厂里开除了,今后的生活该怎么办?可我有什么责任呢?我只对

我的儿子负责,这又有什么不对?再说,即使负责,也是厂方、小张、习惯势力的事情,我什么也没说,甚至连个眼色也没使。不,责任不在我。她往哪儿走,不会是寻死吧?也许应该追上她,安慰她。不,责任不在我。他们的心思真难以捉摸,这代人,他们在想些什么,他们要往哪儿走呢?

读到林东平这段既虚伪又冷酷的内心独白,我们不由得钦佩萧凌这个女孩,爱情从没有迷住她的眼睛,她那常常显得过于敏感的警觉和警惕是多么的正确——阶级的鸿沟不易跨越,即使杨讯在爱情的鼓舞下试图去跨越,杨讯背后的林东平也不会允许,何况,除了林东平,他的背后还有更多的"保护人"——一个干部子弟的背后,必然会有一个由众多保护人形成的保护伞。因此,萧凌和杨讯、林东平的冲突,根本上是和他们背后的这个强大的保护伞的冲突,虽然萧凌对此不一定能看得很清楚。

萧凌、杨讯和林东平之间的冲突,无疑是《波动》这个故事的骨架,萧、杨之间的冲突,不但由于林东平的进入而尖锐化,最终形成一个悲剧的结尾,而且两人冲突的深刻内涵也在三个人的关系里得到进一步的展示。这特别表现在当林东平介入的时候，萧凌和杨讯的反应截然不同：当林东平带着一种惭愧心情表示可以对萧凌作某种补救的时候，她的回答，是一句尖刻的"谢谢，我恰恰不想得到这种恩赐"，毫不犹豫地表示拒绝；而杨讯在和林东平的争吵中虽然也会不客气地说："你们不配做一个模范官僚"，但他实际上还是接受了"模范官僚"的安排，带着一种和父亲类似的惭愧，离开了萧凌，让这份凄婉的爱情故事就此结束。不过，故事这样演绎，我想读者产生这样一个问题是很自然的：杨讯这人以后的命运会如何？作为一个干部子弟，他在"文革"结束之后会选择什么样的生活？这当然可以做很多的猜想，但是，参照"官二代"这个群体在当代中国的境遇，如果我们设想，杨讯依然会充分依靠那些站在"每个路口"的保护人，让自己无论在商场还是在官场，都幸运发展、春风得意，从而进入在改革中总是能获得最多机会和最多利益的社会集团，这总是靠谱的吧？

　　读《波动》，还有一个人物也会引起读者很大的兴趣，那就是白华。这是一个介乎于流氓和小资之间的人物，我们从故事里不能清楚了解他的成长经历和背景，但是从他深深爱上了萧凌，并且还能够混到了林媛媛客厅里，参加一群干部子弟的聚会来看，他不可能是一个完全在流氓团伙中谋生的小痞子，设想他过去生活里曾经有某种小资产阶级背景，这应该是合理的。由此引起我们兴趣的是，一个已经专门依靠偷盗为生的流氓人物为什么会爱上萧凌？是因为在萧凌身上看到了自己的过去吗？或者，这个多少显得奇怪的爱情，只不过是他的一种下意识，想通过这个爱情重新寻找一条伸向小资生活的通路？小说对此没有任何暗示，读者只能凭借想象去推演白华的未来。不过，如同萧凌可以作为一个小资的"前辈"形象，放在今天的环境里推敲这个人物形象的现实意义，我觉得白华也有这样的资格。如果考虑到无论"文革"时代，还是今天，像白华这样生存于社会"下层"的青年绝不是少数，那么我们不免会有这样的好奇：今天的白华们又有什么未来？他们会继续逍遥法外，为了生存而进入当代的黑社会吗？或者，也许他们会凭仗自己毕竟有城市户口，开始寻觅机会努力变成城市中的打工族吗？如果是后者，那么我们可以肯定，他们多半会改变身份，进入所谓"蚁族"的社会群体——而这个群体，正是当代小资产阶级的后备军，这个后备军非常庞大，其数目或者比已经成为小资产阶级的人数更为众多，但是，"有房有车"的理想迫使这个人群不能不以今天小资的面貌提升自己，塑造自己，让自己尽早晋升为当代小资。这可以说是这个庞大人群的"中国梦"。

为什么今天小资的每一个发明，每一个呼唤，甚至是一个手机短信，一条微博消息，都能有呼风唤雨的社会效应？这不仅是因为我们已经进入了一个新的小资产阶级社会，还因为这个社会有一支庞大的小资产阶级预备军作支持。

七

这篇序文无论如何该结束了。

不过我还想就《波动》写作的问题和毛病，再说几句话。

这部小说写作于近四十年前，那时候，北岛不过二十五岁，所以写作上的幼稚和粗糙是很明显的，我想这方面不用我多说，读者自会有自己的评价。这里我着重想说的，是隐含在《波动》这部小说中的感情倾向——由于这部小说的主要人物萧凌是一个小资，为了深入描写她的感情生活，强调人物周围特有的氛围，小说叙述难免会夹杂一种小资味道，那么我们应该指出，北岛对这种小资情调没有拉开一个必要的距离,缺少一种独立的批评和审视。如果这一点在对萧凌的描写中还不很清晰,我们在有关工人"二踢脚"的刻画中看得相当清楚。这个人物是小说唯一的工人形象,但是在每一个情节和细节里,这个工人都表现得比小流氓白华和蛮子更粗鲁、粗俗、粗鄙,是一个灵魂十分肮脏的坏蛋和下流坯。可以说,小说的叙述在字里行间都充满了对这个人物的鄙夷,这与对萧凌、杨讯、发发这些人物的刻画形成鲜明的对比。为什么《波动》的写作会出现这样的问题?这会是偶然的吗?特别是考虑到,北岛写作这部小说的时候自己也已经是个建筑工人,这个问题就变得格外尖锐:为什么小说对故事中的其他几个年轻人都有明显的同情,而对"二踢脚"却是这个态度?我想,说到根上,这大概和小资产阶级在中国的强大有关。如果回顾一下中国近代史,自"五四"以来,小资产阶级一直是中国社会人数最多的一个阶级,不但在中国历次革命中都扮演重要的角色,而且小资产阶级的写作也一直是文学中一股非常强大的潮流,因此,小资写作有巨大的影响。这种影响在1949年之后的文学发展中曾经是个异常复杂的问题和麻烦,即使在"文革"中,在今天,它仍然或者困扰、或者左右文学的发展。从这样的历史视野看，《波动》写作中的小资倾向几乎是一个难以避免的历史必然，我只能说，如果我们要求二十五岁的北岛，早在1974至1979年间就应该有一种觉悟，能够在写作中克服这一倾向，这是不是有点苛求？

不过，这样苛求北岛至少有一个好处，因为这不是他一个人的问题——在文化主导权已经转移到当代新兴小资产阶级手中的时候，我们是不是应该更多关注今天的小资写作？是不是有必要仔细琢磨小资写作的当代形态？是不是应该研究声势强大的当代小资写作要把中国文学引向何处？

最后，在这篇序文结束之际，我再对这部小说的写作和出版情况做些介绍，大概不算多余：

《波动》初稿完成于1974年11月，1976年4至6月修改，1979年4月再次修改。

1979年6至10月，《波动》在《今天》第四至六期首次以连载的形式发表，作者署名为艾珊。

1980年8月，作为"今天丛书"之四，由《今天》编辑部出版过一个油印单行本，仍沿用艾珊这个笔名。

1981年,《波动》发表于《长江文艺丛刊》第一期,署名赵振开。

1985年,香港中文大学出版社正式出版《波动》繁体中文版及英文版,署名仍是赵振开。

2012年7月

波 动

一

〔**杨讯**〕

东站到了,缓冲器吱吱嘎嘎响。窗外闪过路灯、树影和一排跳动的栅栏。列车员打开车门,拉起翻板,含糊不清地嚷了句什么。一股清爽的空气迎面扑来,我深深吸了一口,走下车厢。

站台上空荡荡的。远处,机车喷汽,一盏白惨惨的聚光灯在升腾的雾气中摇曳。从列车狭长的阴影中传来小锤叮当的敲击声。

夜,沿微风的方向静静流动。

检票的老头依在栅栏门上打瞌睡,一颗脱落的铜纽扣吊在胸前,微微摇晃。他伸了个懒腰,从口袋摸出怀表说:"又晚点了,这帮懒骨头。"他把票翻来翻去,然后长长地打了个哈欠,把票递过来。"我去过北京,天桥、大栅栏、花市。"

我递给他一支烟。"您什么时候去的?"

"民国二十三年。"他划火柴,用手挡住风,火光在他指缝间和额头上跳了跳,他贪婪地吸了一口。"那年正赶上我娶媳妇,去扯点花布什么的。"

车站小广场飘一股甜腻腻的霉烂味。候车室门口的路灯下停辆大车,辕马不时打响鼻,在地上嗅来嗅去。车把式斜躺在大车上,一只脚垂下来。我放下提包,点起一支烟,把火柴棍扔进旁边黑洞洞的小水洼里。

一路上,没有月亮,没有灯光,只在路沟边草丛那窄窄的叶片上,反射一丁点不知打哪儿来的微光。亮灯的土房从簌簌作响的向日葵后面闪出来,它蹲在一块菜地中间,孤零零的。挂在门前的一串红辣椒,在灯光下十分显眼。

我把提包换了换手,走过去。

"老乡,"我在门上敲了敲。"给口水喝吧。"

没有动静。

我用力敲。"老乡——"

窸窣声。我感到有人就站在门后面,屏住气息。门终于拉开了,少女脸部的轮廓被一条灯光的细线勾出来,周围是半透明的发丝……

"对不起,我刚下火车,离厂还远,渴得够呛……"

我笨拙地解释。阴影部分渐渐褪色，我看见一双警惕的、睁得大大的眼睛。

她做了个手势。"进来吧。"

屋里陈设简单，糊墙纸有几处剥落下来。桌上摆一张镶在玻璃夹中的小女孩的照片，旁边抛着钢笔和蓝皮笔记本。

"坐。"她指指门旁的板凳，一只手背在身后退了几步，在对面的床上坐下来。灯光滑到她的脸上，我愣住了：好漂亮的姑娘。

"自己倒，暖壶和杯子就在你旁边的箱子上。"她随手翻开蓝皮本，另一只手依然背在身后。

水很烫，我吹了吹杯中的热气，问："你一个人住在这儿？"

她抬起眼睛盯我，过了好一阵，才心不在焉地点点头。

"刚抽上来？"

"什么？"

我又重复了一遍。

"一年了。"

"原来在哪插队？"

波 动　47

她惊奇地扬了扬眉毛。"还有什么要问的？"

我愣了一下，随即笑了。"比如，你手里拿什么？"

"你大概是读《十万个为什么》长大的。"她从背后抽出一把明晃晃的匕首，放在桌上。

"正相反，我小时候很不用功。"

她露出一丝嘲讽的微笑。"所以你现在开始用功了。"

"对。"

"快喝你的水吧。"她皱起眉头，不耐烦地挥挥手，匕首在空中划出一道道亮闪闪的弧线。

寂静。

她用刀柄在桌上轻轻敲，节奏忽快忽慢。她侧头，仿佛这声音中包含某种特殊的意义。显然，她正沿着一条习惯的思路……哐的一声，她把匕首抛在桌上，走到窗前，推开窗户，一棵小杨树把闪光的三角叶簇伸向窗口，在她肩头欢跃，似乎在迎接这位等待已久的女主人。

我望她的背影，手中杯子颤了颤，也许该说点什么，打破这尴尬的处境，打破性别、经历和黑暗的障碍，说不定在命运面前，我们有某种联系，而这种联系往往又是那么脆弱，那么容易错过。

桌上的那位小女孩调皮地笑，悄悄地和我打招呼。

"这是你小时候的照片?"我不禁问。

她似乎没听见,依旧抱双臂向窗外眺望。她能看见什么呢?夜空、田野、树木……或许只有黑暗吧,漫无边际的黑暗。我又问了一声。这时我才意识到,问得多么不合时宜。

她那削瘦的肩胛微微起伏,她陡然转过身来,冷冷地,甚至有点儿敌意地瞪我。"你怎么一点儿不知趣……入乡随俗,懂吗?水喝完了,走吧!"

我站起来。"打扰你了,谢谢。"

她点点头,在这一瞬间,我看见泪水的闪光。

〔萧凌〕

妈妈在弹《月光奏鸣曲》。

屋里关着灯,我像只小猫静悄悄坐在钢琴旁,小辫披开,散发着肥皂的香味。

月光投在地板上,叮咚起舞,像个穿白色纱裙的女人,周围的一切应和她,发出嗡嗡的回响。

"妈妈呀妈妈——"我突然失声喊起来。

月光凝固了。

"怎么啦，凌凌？"妈妈把手放在我额前，"不舒服？"

"妈妈，我害怕。"

"害怕什么？"

"我也不知道。"

是的，我也不知道，是由于黑暗，由于月光，还是那些神秘的音响。

我放下笔，往事就是从这儿开始吗？记忆有时真奇怪，选择的往往是些微不足道的小事。可也许正是这些小事，隐藏着命运不可逆转的征兆。很久不写东西了，笔下很生疏。再说，这算是什么呢？自传？小说的提纲？不，都不是，仅仅是往事的追忆而已。

远处，汽笛尖叫了一声。有时候，我就像一个疲劳的旅客，被抛在中途的小站上，既不想到起点，也不想到终点，只想安静而长久地休息一下。

"幻想嘛，是要不得的傻念头，它只会使人发呆、抽风，做一些力所不能及的事情。"物理老师穿件揉皱的黑制服在讲台上走来走去，用手摸发青的下巴。"同学们，科学是什么?科学就是理性,其它学问也不例外……"

我举起手。

"唔,有什么问题?"

"老师,诗歌呢?"

"嗯,坐下,我的话适合各个领域,当然喽,我也很喜欢诗,不瞒你们说,有时还动笔,寄给一些杂志社,编辑同志对我推理的严谨给予了充分肯定。比如,有这么两句:

地球有了引力,

我们有了力量,

我们可以放心走路,

我们不怕碰上房梁。"

哄堂大笑。

"怎么样,同学们,还不坏吧?"老师谦虚地拉了拉衣角。"还有什么问题?"

"喂,爬得不慢哪。"

我扭过头,一个外班的男生挂棍子爬上来,他像藏族人那样裸只胳膊,袖子扎在腰间,想起来了,去年暑假我给他补过课。

"恐怕绕道了。"我说。

"没错,这是条近路,来,我在前面开路。"他窜到前面,用棍子打荆丛。"快点儿,离山顶不远了。"

乌云聚拢,低低压下来,风扑进我的裙子里。一声雷鸣,仿佛就在耳边炸开,我的腿被裙子裹住,有点儿迈不开步了。

"怎么啦?"那个男生扭过头喊。

"你先走吧。"

他像山羊似的蹦到我跟前,把棍子递过来。"拿着,管点儿用,别害怕。瞧吧,这才是真正的暴风雨呢,小时候,我常到这山上摘酸枣,就我一个人。赶上下雨,嘿,那才来劲儿呢。我把衣服一脱,"他用手在胸脯上拍拍,"就这样,我站在山顶上,云彩就在我脚底下,翻呀滚呀,轰隆轰隆响,我大声喊呀叫呀,到处都是我的声音。你猜我喊什么?"

"喊什么?"

他爬到一块陡峭的石头上,朝山谷大声喊起来:"呜啊——呜——啊——"

回声在山谷飘荡,经久不息。

来了一位不速之客,他带来风尘、寒冷和陌生的气息。

我这是怎么啦?浑身都感到不自在,思路也乱了,都是这个该死的家伙,他和你有什么关系?只因为水和光,他才来到这里。然后呢?

我和黑夜面对面。

空虚、飘渺、漫无目的,这是我加给夜的感觉?还是夜加给我的感觉?真分不清楚,哪儿是我,哪儿是夜,似乎这些都浑然一体了。常常是这样,有生命的东西和无生命的东西在一起的时候,才会和谐、平静,没有冲突,没有欲望,什么都没有。

小杨树呵,你不停地说些什么?

"你在看什么?凌凌,看海鸟吗?"

"看太阳,妈妈。"

"别胡闹,会把眼睛搞坏的。"

"没事儿。"

"听话,凌凌。"妈妈发黑的皮肤上,水珠像一粒粒钻石。"不去游会儿?"

"你先去吧,妈妈,我晒晒太阳。"

我趴在发烫的沙滩上,不眨眼地望太阳。太阳的轰鸣震耳欲聋,盖过波浪的脚步声和人群的喧嚣。我闭上眼睛又睁开,色彩迅速地变幻。

天空变得那么暗淡,那么狭小,像一块被海鸟衔到高处的肮脏的破布。

涨潮了……

二

〔林东平〕

"抽烟——"我说。

他伸手在铁筒里取出支香烟,慢悠悠划火柴。我们俩都习惯了这种冷场。窗外,一片枯叶飘落,碰到玻璃窗上,发出轻脆的声响。

"家里都好吗?"

"爸爸很忙……"

"噢,报上见到了。外国佬们争挤进来,有什么办法……妈妈呢?"

"打算今年退休。"

"退休?"我沉吟了一下,手指在茶几玻璃上敲了敲。

门砰地推开了,媛媛冲进来,不知是头巾扎得太紧,还是风吹的缘故,满脸绯红。"噢,是小讯哥哥,什么时候回来的?瞧瞧,真是怪事儿,每回你一来,我们家就静得跟坟地差不离……"

我责备地瞪了她一眼。

她连忙捂住嘴，笑了笑。"不吉利，对吧？应该这么说：'静得像没有风浪的水面。忽然，公鸡喔喔的啼叫，打破了……'"媛媛扯下头巾往高处一抛，头巾像降落伞落在衣架的顶端。"这是课文里的话。"

"去给我们倒杯茶吧，"我说。

"行。'饲养员老张头赶牲口出了院子……'"媛媛推门出去。

电话铃响，我拿起听筒，把电线绕在手上。"是我，唔，几点钟？我就来。"

媛媛端杯子进来。"爸，又开会？哎，这共产党的会没完没了……"

"媛媛！"我厉声喝道。

"人家都这么说……"

"人家是谁？你又是谁？"

她吐吐舌头，朝小讯递了个眼色。

"留小讯在家吃饭，我一会儿就回来。"

我把挡风玻璃摇下来，顿时，凉簌簌的风灌满车厢，窗帘翻飞，抽打我的脸。这样好一些，有了疼和冷的感觉。侧视镜里，一切由大到小，迅速地融化掉。退休，这两个字那么生疏，尤其对于她，甚至有些可怕。她的形象，依然停留在我们初逢的记忆中，依然那么年轻，那么泼辣。时间是不真实的。快三十年了。那次区委扩大会议上我们争执了些什么？是国共合作的前景，还是电厂工人的罢工问题？她握杯子，不停地在手里转，却不沾杯里的水。直到争论激化的时候，水洒了出来，她才匆匆喝一口。也许是由于激动，或光线太暗，我当时并没看清她的样子。散会后，我们在楼梯转弯处碰上了。她落落大方伸出手，略带嘲笑望我……哎，我为什么又要折磨自己？谁说过，痛苦是生命的标志。记起来了，那是医大的第一节课上，一位留美的老教授说完后，用英文写在黑板上，粉笔末轻轻飘落。那是一个秋天的早上，阳光从乌蒙蒙的老式窗户上透进来……我和那个蓬头发的大学生还有什么共同之处吗？我头发白了。

窗外，两个满身油渍的青年工人挟着饭盒，边走边争论着什么，他们抬起头；戴方格红头巾的小姑娘啃了口热白薯，抬起头；水龙头旁洗衣服的女人在围裙上擦擦手，抬起头。他们的目光包含什么？也许，他们从来不去想车里坐的是谁，和他们有什么关系吧？只有民警同志把绿灯统统打开,甚至还扬起雪白的手套。

市革委会门口,停着辆黑色的吉姆牌轿车。我从牌号上认出它的主人:这位现任的省委第二书记,在我担任省委宣传部长时只不过是我下属的处长,他的晋升是在我调任之后,据说是由于在党报发表了一篇文章。

幽暗的门厅,两个人正在交谈。

"……吴书记,阻力不小呵,咱这扛枪杆子出身的可有点儿玩不转,总有那么几块朽木你动弹不得……"这是王德发的山东口音。

我咳了一声,他们转过身来。

吴杰中伸出瘦棱棱的指头。"老林,你在背后搞突然袭击嘛。"

"那可没有好下场,"我说。

我们笑了起来,但每个人笑声不一样。

"吴书记来检查我们的工作,"王德发说。

"谈不上检查,路过这里看一看。这个季度生产情况怎么样?"吴杰中拉了拉披在肩上的黑呢大衣。

"不好,"我说。

难堪的沉默。王德发从口袋里掏出块大手绢,哧哧地擤着鼻子。

"张庄煤矿恢复生产了吗?"他问。"中央对这件事很重视。"

"冒顶后正在组织人抢修,但关键是事故的原因没有查清,这一点很重要,否则,类似的事故……"

"我看,不要因噎废食嘛。"吴杰中不满地摇摇头。"好啦,这个问题你们再研究一下,要尽快上马,全国都在看着这煤矿样板,主要是影响问题……你们回去吧,不用送了。"

"那事儿说定了?"王德发插了一句。

"噢,我看算了。"

"剧团的同志连行头都备齐了。"

"不过不要搞什么排场,大家聚一聚……"吴杰中瞥了我一眼。"老林也来吧?"

"不,我今天不大舒服。"

离开会的时间还有二十分钟,我走进办公室,在桌前坐下来。桌上的印台、笔架和镇书石在阳光下闪闪发光。让我安静一会儿吧,我累了。小时候,镇上东街的张瞎子摇摇头,说我一辈子操劳没好报。为这话,奶奶差点给他一巴掌。我还记得当时的情景:我踮起脚把下巴放在冰凉的枣木柜上，他把竹签扔进筒里哗啦哗啦摇着，口中念念有词。红嘴金丝雀不耐烦地跳来跳去……

我抬起头，夕阳照在巨大的本市详图上。那些密密麻麻的线条、圆圈和符号渐渐模糊了，只有那座醒目的市委大楼悄悄立起来，俯瞰着全市。三楼东侧的窗户在夕阳中燃烧，像透镜的焦点聚起来……奇怪，只要我一坐在这张桌子后面，就变得有信心了。似乎只有这个时候，在这堆闪闪的文具之中，我才找到了自己的合法地位……

门推开了，小张无声无息走进来。"林主任，有几封群众来信……"

"去交给信访组。"

"是信访组让转来的。"她神秘地笑了笑。

"放在这儿吧。"

信封重新封过，我用剪子一一拆开。其中大部分是附近区县的灾民写的（想起今年夏天的洪水，真让人不寒而栗），要求调查国家救灾资金的去向。救灾小组组长，是由王德发兼的。每次常委会上他总是要大谈各项救灾的具体数字，而他那件褪色军服上的汗碱从不洗掉，散发着恶臭，似乎能给人一种呕心沥血的感觉。其中居然有这么一封莫名其妙的信:"……请于每星期三、六晚上到人民东路75号捉奸。"这些人发疯了,居然把这样的信也转给我,简直是开玩笑!我把信锁进抽屉里,那里已经躺着一百来封,再多几封也算不了什么。

开会的时间到了。我走下楼,推开小卖部的门。苏玉梅正低头看书,一缕头发垂下来。

"来盒烟,"我说。

她抬起头的刹那间,目光很集中,显然刚才的专心是一种做作。"林主任?"她撩了撩头发,嫣然一笑。

"在看什么书?"

"《苦菜花》,真感动人。"

"有前门烟吗?"

"这儿什么都有。新到了一种高级奶糖,牌子挺好听,不来点儿?"

"什么牌子?"

她挑逗地眨眨眼睛,"纯洁,纯洁牌奶糖。"

〔林媛媛〕

"分配有消息吗?"小讯呷了口茶,问。

"咳，别提了，老师嚷着要照顾，闹得全校都知道了，可连个影儿都没有。再说，工作又有什么意思？"我靠在书柜上，把短得可怜的小辫拆开又编好。妈妈说，我一辈子也留不出大辫子来。哎，她去世快七年了，这辫子还是又短又秃，像兔尾巴。

"嘿，我说谁来了呢。"不知什么时候，发发穿了件红色运动衫，懒洋洋倚在门口，双臂交叠在胸前。"瞧媛媛，话音儿都变甜了。"

"讨厌！"我瞪了她一眼。

发发扭屁股走到茶几前，若无其事抄起支香烟，在手里转了转。"杨讯同志，京城里怎么样？"

"哪方面？"

发发吐出一个又浓又大的烟圈。"当然是生活的基本方面啦，比如……"她在膝盖上比划了一下。

"裙子，"小讯略带讥讽地笑了笑，"对不起，我没太注意。"

"书呆子。你们只知道从书本上了解姑娘……"

"得了，发发！"我打断她的话。

"那你又是通过什么方式呢？"小讯慢条斯理地问。

"我嘛，喜欢观察和体验。"发发拉过一把椅子坐下。"根据异性吸引的原则,我对男人有一种特殊的兴趣……"

真不害臊!我暗暗踢了她一脚。

"踢我干嘛?你们看,说出真理的人总要倒霉,但我宁死不屈。"发发尖声笑起来,像刀子划在玻璃上。"经过调查研究,我发现男人都是些自私的家伙,只有我们女人才是伟大的。"

"为什么?"

"女人最富于牺牲精神。"

哼,这套胡说八道早就听腻了。我真想跳起来喊:发发,这不是你的想法,准是打哪儿听来的!你不配,你从来不知道什么是牺牲。

小讯淡淡一笑。"那么你呢?发发,准备牺牲点儿什么?比如,面对一个叫化子,你是不是准备牺牲你的门第呢?"

"我喜欢穷人……"

"这话听起来,就像在说你喜欢钱一样。"

发发脸刷地涨红了。"可别教训人,我爸爸每天吃饭都给我上政治课。"

"只在吃饭的时候吗?那正好,有助消化……"小讯站起来。"媛媛,我出去转转。"

门带上了,屋里忽明忽暗,外边的云在飘。我走到窗前,望着他那结实的背影。

"这家伙浑身都是刺,"发发说。

"发发,是你不对……"

"哼,都是我不对,他好。这还看不出来吗?你爱上他了。"

"胡说!"我的脸一阵发热,准连脖子都红了。也许,这是真的?心怦怦直跳,爱是什么意思?也就是喜欢?可我喜欢的人多着呢。

发发走过来,搂住我的肩膀。"这瞒不过我。"

"去!"

"生气啦?算我说错了。好媛媛,你看,这儿有两张招待会的票,公安局才三张,听说上边的头头来了。咱们一块去吧,啊?"

〔杨讯〕

我在街上漫无目的地走着。

橱窗里的东西落满了灰尘,上面挂小牌子:"展品,均无货。""一律凭票供应。"副食店门口挤着乱哄哄的人群。孩子们敲着搪瓷盆，在人群中钻来钻去。一个戴着顶油腻腻的白帽子的小伙子从门里探出头来，大声吆喝着什么。街拐角处，"我们的朋友遍天下"的标语牌下停放着一排三轮车。车夫们靠在后座上抽烟、聊天、打瞌睡，破草帽半遮着一张张古铜色的脸……

一位姑娘挡住了我的去路。她双手插在上衣口袋里，侧头微笑着。"不认识了？"

我怔住了，"是你——"

"没错。那天晚上，你不是在梦游？"

我笑了。"为了口水，我被赶了出来。"

"那天我情绪不好，又是晚上。"

"这和晚上有什么关系？"

"人受环境的影响，这是唯物论的说法。"

"难道还有别的说法吗？"

"你有个爱提问题的坏习惯。"她停下来，环视四周的行人。"你看，咱们总不能老站在这儿。有时间吗？陪我走一段吧，我喜欢这会儿在街上走走。"

她说得那么坦率和自然，我不禁笑了。

"笑什么？"

"你也常常这样邀请别人?"

"那倒不一定。"她皱皱眉,把目光转开。"你有事儿就算了。"

我差点儿喊出来。"不,没事儿,我正好也在散步。"

我们向前走去。挂在电线上的风筝飘着,像撕下来的一小片白云。

"自我介绍一下,我叫杨讯。你呢?"

一辆重型卡车隆隆驰过,淹没了我的声音。

"什么?"

我又重复了一遍。"你情绪经常不好吗?"

"现在很好。"

"那天晚上又是为什么?"

她站住了,惊奇地扬了扬眉毛。"怎么,这是你们干部子弟的优秀传统吗?"

"我爸爸是蹬三轮的。"

她冷笑了一声,用手指在空中划了一个圆圈。"少说了一个轮子。"

"你凭什么这样说?"

"凭直觉。"她停顿了几秒钟,在这一段时间,我觉得她又对自己说了些什么。"你们身上的一些习气让人讨厌。"

"既然如此……"

"既然什么？你答应了，就得陪我把路走完！"她几乎恶狠狠地说。

"我不是这个意思。"

"算了，用不着解释。"

我们穿过残破的城门，沿护城河默默走着。漂着黑色杂草的河水绿得腻人，散发着一股浓郁的秋天的气息。树巢中的鸟儿咕咕叫了两声，扑簌簌飞去了。

她拨开低垂的柳枝，星星点点的阳光筛落在她的肩膀和手臂上，"喂，怎么不说话了？"她忽然问。

"我在服苦役。"

她笑出声来。"真那么苦吗？哎，你这个人呀，看看，这是多好的流放地。"

"这是臭水沟。"

"嘿，你来看。"她抓住柳枝朝河上望去。原来是六七个孩子在打水漂。石子激起了层层涟漪，阳光被摇碎，每个浪尖上都浮一枚亮晶晶的银币。她完全被吸引住了，一边兴冲冲数着，一边撕扯身边的柳叶。"四个、五个、六个……你看，那个黑黑的小家伙真厉害……九个，最高纪录……"她扯了片柳叶含在嘴里，声音变得含糊不清了。一条柳枝在她的周围飘来荡去,像绿色钟摆。她陡地转过身,略带讥讽地眨眨眼睛。"喂,不感兴趣吗?"

"我在想,成年人是多么不幸,即使有了一切也改变不了这种不幸……"

"你以为孩子们就幸福?别忘了,这都是些穷孩子,"她说。"人生下来就是不幸的。"

"那你为什么还要活下去?"

"活,只不过是一个事实。"

"事实也是可以改变的。"

"遗憾的是,人有足够的惰性苟延残喘,而通常把它叫作生命力。"

"为什么这么悲观?"

"又是一个为什么。"她凝视我,近乎严峻的眼睛闪着绿色的星点,一缕头发垂在额前。

我没回答。

"请告诉我,"她掠开垂发,一字一字地说,"在你的生活中,有什么是值得相信的呢?"

我想了想。"比如,祖国。"

"哼,陈词滥调。"

"不,这不是个用滥了的政治名词,而是咱们共同的苦难,共同的生活方式,共同的文化遗产,共同的向往……这一切构成了不可分的命运,咱们对祖国是有责任的……"

"责任?"她冷冷地打断我。"你说的是什么责任?是作为供品被人宰割之后奉献上去的责任呢,还是什么?"

"需要的话,就是这种责任。"

"算了吧,我倒想看看你坐在宽敞的客厅是怎样谈论这个题目的。你有什么权力说'咱们'?有什么权力?!"她越说越激动,满脸涨得通红,泪水溢满了眼眶。"谢谢,这个祖国不是我的!我没有祖国。没有……"她背过身去。

淡绿色的天边,几片被晚霞染红的云朵像未熄的煤炭,给大地留下最后的温暖。河流转成墨绿色,发出微弱的有节奏的声响。

她转回头,摘掉辫子上的柳叶,眼睛躲闪着斜向一边,苦笑了一下。"我不该这样,咱们回去吧。"

我们经过一家小酒店。

"进去坐一会儿吧,"我提议说。"会喝酒吗?"

她点点头。"不过,我只喝白酒。"

柜台前,一个醉醺醺的家伙正跟女服务员调情。"我老婆是个混蛋,你、你以为我王八还没当够?"

我用肩膀把他撞到一边。"半斤汾酒,两个拼盘。"

那个醉汉隔着我的肩膀叫喊:"我算是够了,够了!"

我付了钱,端起酒菜,在半路停下来。在她身边坐着个和我年龄相仿的家伙,抱半瓶酒,正唠叨着:"……算一卦吧,不收费,对您例外,天地良心,咱说话算话……"

我把手搭在他肩上。"喂,哪儿的?"

他扫了我一眼,目光呆滞,颧骨通红,显然有些醉了。"您也想来一卦?排、排队,咱只对妇女同志优先,唔,今儿可够、够忙的。"

她向我抿嘴一笑,示意让我坐下,我坐下来。

"你聪明,没的说,绝顶聪明,可惜日子不好过,少个逗闷子的……"

我砰地捶了下桌子,站起来。他转过脸,斜视着我,眼里闪凶光。"不耐烦了?活着,是件好、好事。知道咱是谁?白华,去打听打听……"

"管你他妈的白花黑花,我来让你变朵红花!"我顺手摸到旁边一个空瓶子,一只有力的小手按在我手上,我低头望着她。

"坐下!你没看见他醉了。"她那扬起的睫毛在脸颊投下长长的影子。

我坐下来。

"你真是算卦的?"她问。

"那没错。"

"我看不像。"

白华咧咧嘴,从耳朵上取下半截香烟,捏捏直,划断了好几根火柴才点着,烟雾从他的牙缝中一点点冒出来。"你们打哪儿来?"

"这你管不着,"她用手扇开烟雾,说。

白华直盯盯望了望天花板,摇摇头。过了一会儿,他又问:"你俩啥关系?"

"你来算算看吧,"我说。

"对象?"

她响亮地笑了。"不,是对头。"

"喝酒!喝酒!"白华不耐烦地把大半截烟卷甩到地上,把瓶颈伸进杯子里,怪声怪气唱着:"滋一口甜蜜蜜的酒,小日子永远不发愁……"

"别喝了,"她握住他的杯子,"看你醉成什么样了。"

"谁醉、醉了?我?笑话……"他掰开她握住杯子的手。"别、别弄脏了小手。"他举起杯子刚要喝,被她用手挡住,砰的一声,杯子重重落在桌上,酒溅出来。"你敢管我?"

"想试试,"她平静地说。

"你?试试?"白华惊奇地打量着她。然后长出了口气,肩膀耷拉下来。"好,我,我不喝了。"

街上弥漫着湿滋滋的夜雾,带着光晕的路灯遥遥相望。一只野猫飞快穿过马路。她突然停住脚步。"你喜欢诗吗?"

"喜欢。"

"我来背一首,愿意听吗?"

"当然。"

她直视着前方,声音柔和而热切:

"绿呵,我多么爱你这绿色,

绿的风,绿的树枝。

船在海上,

马在山中。

……	……

绿呵，我多么爱你这绿色，
繁星似的霜花，
和那打开黎明之路的
黑暗的鱼一同来到。
无花果用砂皮似的枝叶，
摩擦着风，
山像野猫似的耸起了
它那激怒的龙舌兰。
……	……"

一片树叶落在她脚下，打了个旋，又飞过去，她摇摇头。"背得不好。"

"不错，洛尔迦的诗？"

"'梦游人谣'。"

"多美的梦，可惜只能转瞬即逝。"

"正相反，咱们这代人的梦太久了，总是醒不了，即使醒了，你会发现准有另一场噩梦在等着你。"

"为什么不会有一个比较好的结局呢？"

"你呀，总在强迫自己相信什么，祖国啦，责任啦，希望啦，那些漂亮的棒棒糖总是拽着你往前走，直到撞上一堵高墙为止……"

"你也并没有看到结局。"

"是的,我在等待着结局,不管什么样,我总得看看,这就是我活下来的主要原因。世界上有两种人,一种人是为世界添一点儿光辉,另一种人是在上面抓几道伤痕。你大概属于前者;我嘛,属于后者……"

我默默注视着她那双眯起的、深不可测的眼睛,"你个人的生活很不幸吗?"

"个人?"她慢慢地闭上眼睛。

"我只是想问……"

她的脸骤然沉下来,狠狠瞪了我一眼。"有很多问题是不能问的,懂吗?!这在今天是最简单的常识,懂吗?为什么,为什么,好像你是刚从另一个星球来的!"

这条街唯一亮灯的窗户熄灭了,一片漆黑。马路上到处都是坑洼。迎面走来几个上夜班的女工,叽叽咕咕低声说着什么,渐渐消失在远处。

"我的脾气不好。"她叹了口气,喃喃地说。

"可以理解,现在是晚上。"

"哦,"她轻声笑了,"不过,晚上和晚上还不一样,今天有月亮。"

"还有诗。"

"是呵,还有诗。我去上夜班,该分手了。"

我们站在十字路口,面对着面。雾,像巨大的冰块在她背后浮动。黑暗挟着寂静的浪头扑来,把我们淹没在其中。寂静,突如其来的寂静。

她伸出一只手。"我叫萧凌。"

〔萧凌〕

灯光,在工具箱上一个破旧的绿搪瓷碗里摇荡着。他的话真有什么意义吗?也许又是一种欺骗。祖国,哼,这些终极的玩意儿从来都是不存在的,不过是那些安分的家伙自作多情,他们需要一种廉价的良心来达到一种廉价的平衡……为什么这么恶狠狠的?难道你真的厌恶他?可是别忘了,你陪他整整呆了一个晚上,一个多雾的晚上,而且那么兴奋,简直像个初次约会的小姑娘。头直疼,我醉了。那辆八音盒的小马车(小时候我常常把它的轮子弄掉),装着我苦涩的梦向远方,向大地的尽头驰去。那边是什么?恐怕什么也不是,只是这里的延续……

"把钳子递给我。"

意义，为什么非得有意义？没有意义的东西不是更长久一些吗？比如：石头，它的意义又在哪儿？孩子们在笑，笑吧，敲碎这无止境的死寂吧……我在背诗。傻瓜，什么时候变得多情起来了，居然有这样的闲情逸致。因为有夜雾，是吗？因为有月亮，是吗？我喜欢诗，过去喜欢它美的一面，现在喜欢它鞭挞生活和刺入心肠的一面，可是我怎么从来没想到过这两面合在一起的价值？也许是因为每个人在生活中只有一个角度……

"扳子，听见没有，把扳子递过来！"

秋天来了，树叶飘落，像春日里懒洋洋的花朵一样大片大片飘落。这是摹仿，拙劣的摹仿，正如镜子里的火焰那样，只有热情没有热度，永远没有，却要频频摇摆那血红的屁股……到处都是落满灰尘的道具，甚至连人们也成了道具的一部分，笑的永远在笑，哭的永远在哭……

"换两个六圆的螺丝……你怎么老愣着？""二踢脚"停住手，把头从绕线机的阴影里探出来，他脸上的粉刺和嘴角的折痕十分显眼。我把头转开，灯泡上落几只苍蝇。

"嘿，你总在想什么？"

一只苍蝇在灯泡上小心翼翼地爬行。那薄薄的翅翼闪着淡紫的光，上面的纹路清晰可辨。我推门走出去。

在厂房和围墙狭长的夹道上空，星光荡漾，月亮沿长满蒿草的墙头滚动。我站住，深深地吸了口气。归宿，多让人渴望呵，只要长久一些，安静一些，宁可什么也不想。没有昨天和明天，没有痛苦和欢乐，让我的心向着外界舒展开来，像一块暗红色的海绵，静静地吸着每一滴透明的水……

有个人影在夹道口闪了一下，不一会儿工夫，"二踢脚"走到我跟前。

"累啦？"

"有点儿。"

"你刚喝过酒，这瞒不过我。"他慢吞吞卷着烟，烟纸在粗糙的手指间沙沙作响。"离婚手续总算办完了，这个该死的娘们儿狠狠敲了我一笔，呸！"他划着火柴，在空中停了一下，火光照亮了他那耷拉的眼角。他点上烟。"小萧，你在想什么？"

"关你什么事儿！"

烟头暗下来，他吹了吹烟灰。"互相关心嘛，小萧，你给我出主意看,往后我该咋办?"

"你看,值班室上面的梁结实吗?"

"铁的,还不结实?"

"上吊吧,"我开心地笑了。

汽锤一下一下敲。

"好,我要让你看看我马王爷是不是三只眼。"他恶狠狠地掐灭了烟,火星散落在地上。"你不过是个临时工,上班闲逛,还喝酒……"

"去汇报吧,滚蛋!"我说。

〔白华〕

我走到柜台前,瞅着架子上一溜红红绿绿的酒瓶,它们跟抽风差不离,蹦呀跳呀,好像我他妈的一闭眼,就会飞走似的。

"……你看,这是什么?证件,上级对我的信任……"前面站着个嘴角冒泡的家伙,正和柜台里大娘们儿胡缠。

我在那家伙的肩上拍了一下。"嘘——安静点儿。"

他扭过头,莫名其妙地瞅着我。

鬼知道这个老螃蟹灌了点儿什么汤,我照他屁股上踢了踢。"滚吧，该回窝儿了。"

他点点头，朝我咧嘴笑笑，然后朝门口摇摇晃晃走去。他忽然转身喊道："这是政治陷害，我要到省里，到中央去上访，去控告你们！哼……"

刚才那两个娃娃是打哪儿来的？我让了一局，妈的，要是让西河区的小崽子瞅见准得乐个通宵。那妞儿，真有那么点儿劲头，算了，拉倒吧。

我出了门，拐过一条街。前面市委招待所大门口一片灯火，停着一溜亮闪闪的小汽车，十来个警察神气活现地转来转去。好小子们，又在寻欢作乐呢。

从大门里走出两个妞儿。

"媛媛你到底怎么啦？"其中那个瘦高挑儿说。"我刚看上瘾……"

"我又没拽你走。"

"这是自觉的表现，同志们。"我把帽子捏了捏，压在眉梢上，赶上她们。

她们停下来惊奇地看着我。

"你是谁？"那个叫媛媛的怯生生地问。

"我嘛，负责保卫工作。"

"便衣,"瘦高挑儿急忙说,"你归我爸爸管。"

"噢,你就是刘局长的千金?我和你父亲熟得很。"

"什么话,哼,别这么套近乎。你帽子干嘛压这么低,还有股酒味,回去告诉我爸爸,让他撤了你的职。"

"哎,我倒没啥,"我装出一副伤心的样子,"可那五个孩子该咋办呢?"

她俩对望了一眼,哈哈大笑起来。

我拐进胡同,在一个黑洞洞的门口站住,门旁挂着块木牌:"仓库重地,非公莫入。"我在牌子后头摸到一截绳子,用力拉了拉:一长两短。过了不大工夫,有人问:"谁?"

"少磨蹭!"

门拉开道缝,露出一个大脑门。"华哥,进来吧,正有戏呢。"

我走进那间窗户用板条封死的屋子。呛人的烟雾中,小四圆溜溜的肩膀微微摇晃。她一边弹吉他一边用哑嗓子唱歌,四周挤满了醉醺醺的家伙。

"华哥来了。"

"华哥坐这儿吧。"

我在角落一个木箱上坐下来，点起一支烟。

曲子唱完了，顿时乱了营。吆喝声和唿哨声连成一片。一个大颧骨的崽子跌跌撞撞挤过去，坐在她身边，用胳膊围住她的腰，咕噜了几句，周围一片哄笑。小四摇摇头，用手抚弄着琴弦，酸溜溜地笑笑。

我在墙角摸到一把菜刀，站起身走过去，大伙自动让开条路。我走到他们跟前，把手搭在小四肩上。"她是我的。"

屋里刹时静下来，听得见杯子摔碎的声音。大颧骨愣了下神，一弯腰拔出刀子。我一侧身，菜刀背磕在他腕子上，当啷一声，刀子掉在地上。跟着菜刀在空中一翻，砍在他肩上，血沿着他紧紧捂住伤口的指缝中渗出来。

"谁还犯刺儿？"我问，目光扫过去，那些雏儿的脑袋瓜子都扭开了。我掏出十块钱，揉成团，摔在大颧骨扭歪的脸上。"去买点儿药，以后长点儿眼……走吧，小四。"

三

〔杨讯〕

她坐在床沿，随手翻着一本书，书页的白色反光在她脸上闪动。她的名字叫萧凌，今年二十三岁。此外，我又知道些什么呢？她是一个谜。玫玫、小燕……那些我过去认识的女孩子，在她面前显得多么苍白，她们只属于客厅，如同其中的画卷和花瓶一样，一旦离开，你再也想不起她们了。她在想什么？她一定有很多秘密，既不属于我，甚至也不属于任何人的秘密。比如，那个躺在桌上的蓝皮本可能就装着不少秘密，仿佛她的生命都储存在这些秘密里，永久封存起来……

"喂，还没看够吗？"她忽然问。

我笑了。"没有。"

她啪地合上书，抬起头来。"那好，你看吧。"我们的目光碰到一起。她的下巴颏哆嗦了一下，忍不住笑起来。她笑得那么自然而爽朗，仿佛一条蓝色的水平线在四周飞快地展开。"说点什么吧,静得让人难受。"

"入乡随俗,懂吗?水喝完了,走吧。我需要安静!"我说。

"打扰你了,谢谢。"她说。

我们哈哈大笑起来。

"喂,"她挥挥手,"别笑了,谈谈你自己吧。"

"有什么可说的?我的履历表很简单:爸爸、妈妈、妹妹、上学、插队、工作……一共十来个字。"

"也就是说,政治可靠。"

"不过在插队的时候,蹲过几天县大狱。"

"因为抢东西?"她惊奇地瞪大眼睛,"还是耍流氓?"

"你的想象力很丰富。"

"可总得有个罪名呀。"

"我和另一个同学反对交公粮,那年正赶上大旱,不少老乡家都揭不开锅了。"

"好一位理想主义战士。后来呢,低头认罪啦?"

"是被我妈妈的一位老战友保出来的。"

"结局总是这样,要不然你们总是相信结局呢,因为在每个路口都站着这样或那样的保护人。"她用手指在书上弹着。"那天,当你说到祖国的时候,我就在想,祖国

波 动　83

是不是你们的终生保护人……"

"你指的是保护还是被保护?"

"这是一回事。"

"不对。假定前者确实如此,那么后者的任何努力和尝试往往需要付出更大的代价。"

"可你们毕竟用不着付出一切,用不着挨饿受冻,用不着遭受歧视和侮辱,用不着为了几句话把命送掉……"

"不一定吧,那些年……"

"都是暂时的,正像我们的微笑是暂时的一样。"

我蓦地站起来。"你们、我们,这个分法倒挺有意思。既然咱们不是一路人,又何必来往?对不起,我该走了。"

"坐下,"她挡住我的去路,挑战似的咬住嘴唇。"告诉你,要是为了这么句话,就甭想走!"

我们僵持着,她离得那么近,呼气轻轻吹到我脸上,她的眼睛映出窗户的方格子。蟋蟀在墙角细声细气叫着。

"你可真好客,"我说。

"我问你,礼貌是什么?"

"是对别人的尊重。"

"不对,礼貌只是一种敷衍。"

"有些敷衍是必要的。"

"那么,真实是必要的吗?一个人不可能要得很多,既要这个,又要那个……"她停下来,微微一笑。"你不累吗?"

我也笑了,坐了下来。

她摇摇头。"好吧,懂点礼貌吧。喝水吗?对了,还有点儿红茶……"她系上围裙,从箱子里取出一个瓶子,走到墙角,把放在灶台上的煤油炉点着。蓝色的火舌蹿了起来,舔着黑色的锅底。她用小勺在锅里搅动,不时碰出清脆的声响。她背朝着我,忽然问:"杨讯,我这个人怪吗?"

"怎么说呢,每次印象都不太一样。"

"说真的,我本来以为自己老了,该相对稳定了吧,别笑,可还在变,有时候我自己都不认识自己了。你笑什么?"

"你看上去不过十八九岁。"

"可别奉承我,女人总喜欢被说得年轻些,不是吗?她们是在为别人活着。真的,我觉得自己老了,像个坐在门口晒太阳的老奶奶,打量着每个过路人……"

"我就是个过路人。"

"你是例外。"

"为什么?"

"你不仅路过,而且闯进来……把桌子收拾一下,茶好了。"她把红茶倒进两个杯子,又从抽屉里拿出一包饼干。"请吧。"

"你客气多了。"

"是吗?"她轻轻吹着杯上的热气。"奇怪,咱们怎么一下子就熟了起来?"

"是呵,咱们很熟了。"

"你并没有回答我的问题呀。"

"谁也无法回答,这个问题已经有了几千年的历史。"

她脸红了,过了好一阵,她说:"杨讯,你去过海边吗?"

"去过。"

"在每次涨潮和落潮之间,都有一次相对的平静,渔民们叫做满潮。可惜时间太短了……"

"我不太了解这种现象。"

"你应该了解!"她提高了声调,声音中包含着一种深深的痛苦。我凝视着她。我忽然觉得,在阳光下她的头发渐渐白了。

沉默。

"够甜吗？"她忽然问。

"有点儿苦。"

她把糖罐推了过来。"自己加糖吧。"

"不用了，还是苦点儿好。"我说。

〔萧凌〕

我多么喜欢一个人散步，无拘无束地走在大街上，看暮色怎样淹没大地。他走了，和来一样突然，我没有挽留他，可我多希望他再坐一会儿，再讲讲短暂的满潮，讲讲海水为什么是咸的……你挖苦他，冷言冷语回答他，却又盼他多坐一会儿，怎么解释呢？我不喜欢暗示，可是又不得不用暗示来回答暗示，因为真实有时太沉重了，沉重得可怕……

"别把鼻子贴在玻璃上，凌凌，听见没有。"

"妈妈，你看冰花，怎么变成这样的呀？"

"因为寒冷。"

"可是，瞧，多漂亮呵。"

"凌凌，你非把鼻子冻在玻璃上才老实，怎么不听话？"

十字路口，向哪拐？选择，选择，我还是朝前走了。一群背书包的小学生，喧闹地跑过去；路边停着辆摩托三轮车，穿红背心的司机靠在车门上，一边抽烟一边死死盯着我；挎篮子的母亲拉着个又哭又闹的男孩子，不停地说："万万，别闹，妈给你买糖……"

我离开这个世界很远了。我默默地走出去。我不知道哪儿是归宿。有时，当我回头看看这个世界，内心感到一种快乐。这不是幸灾乐祸，不是的，更不是留恋和向往，而似乎仅仅是由于距离，由于距离的分隔和连结而产生的一种发现的快乐。

暮色正在改变着什么。阳光爬上了家家户户的房顶。匆匆忙忙的行人，他们每个人在这一瞬间构成你生活的一个侧面，这个侧面不断变化着，你却还是你。长久一些的东西，长久一些的……又是那双专注的眼睛，这是第几次了？是的，我渴望别人的爱和帮助，哪怕几句体贴的话也好。我曾有过爸爸、妈妈和朋友……

天黑了。路灯那么暗，像排萤火虫缓缓地飞。月亮升起来了。这是一弯新月，长着艺术家的下巴。它在沉思。远处，昏暗的光伞下出现一个摇摇晃晃的身影，很快消失了，不久，又在近些的光伞下出现……

"是你，白华。"

"噢，萧凌……"

"你怎么知道我的名字？"

"凡是我想知道的就准能知道，信不？"

"你又喝酒了。"

"那又怎么样？"他猛地晃了一下，扶住电线杆。"那又怎么样？"

"告诉我，你住在哪儿？"

他愣住了，费劲地眨眨布满血丝的眼睛。"住在哪儿？这、这还用说，地底下。哼，一只会打洞的耗、耗子……"

我打断他的话。"走吧，我送你回去。"

"我那儿？我说，不、不害怕？"他有点慌乱了，手插进裤兜，又抽出来，然后擦了下湿漉漉的头发。"唔，这是个好主意，天地良心，我说，姑娘……走，走，迈大步，迈小步，过大山，过小河……"

黑暗。光明。黑暗。我们沿着路灯下走着，随着他的摇晃，路灯的摇晃，路，不那么结实了，似乎也轻轻摇晃起来。是什么念头驱使我去看看？好奇心？算了吧，那又是什么？难道是对刚才渴望温情的报复？他那古怪的影子,一会滑到脚下,一会斜在路旁,一会撞到墙上。我为什么要这样看他?在自己眼里,自己总是容易躲避的。

远处有人唱歌,听不清唱什么。白华似乎清醒些了。"……什么玩意儿在叫?人又没死绝,叫什么叫?像摊烂泥巴糊在人身上,伙计们,听咱来一段……"

他果真唱起来,开始有些暗哑,越唱越浑厚有力。似乎他和歌声一起,穿过灯光和夜的帷幕,飞向另一块天地:

> 流浪的小伙儿,
> 嘿,真快活!
> 踏遍了世界的山河。
> 在暴风雨中行进,
> 在太阳底下唱歌,
> 大地给我自由,
> 自由给我快活。
> …… ……

我们拐到一座楼房后面的空场,走进一片小树林。他俯身推开一块装在滑轨上的水泥板，露出防空洞的台阶。我看了他一眼，跳了下去。里面又潮又冷，黑得什么也看不见。他嚓嚓打亮打火机。我们顺台阶走下去，推开一扇虚掩的铁门，湿漉漉的拱顶沿跳动的火光向前伸展。静极了，什么地方在滴水。

我们拐进一间小屋，他摸索，点亮一盏放在旧木桌上的煤油灯。这时我发现，墙角铺着草垫子的床上，坐着个年龄很难判断的女人，她双手支在身后，野猫般的眼睛闪闪发光。

"去哪儿啦？"她问。

"小四？"白华抓抓头皮。"谁让你进来的？"

"你又喝多了，华哥，来呀。"她伸出胳膊。

"滚，滚蛋。"白华恶狠狠地说。

"我不走，这是我的窝儿！"

白华从腰间拔出匕首，一步步逼过去。我冲过去拦住他。"你怎么不害臊？"

小四这时才看见我，她慢慢站起来。"噢，我说吃什么药了呢，又找到换班的了。哈，哈。"她怪声笑着，白华推开我，扑过去。小四一闪身溜到门口，"瞅瞅，小脸儿多嫩呀，啊？哈，哈……"神经质的狂笑变成轰响，渐渐消失了。

白华朝桌子走去，他的影子越来越大，在墙壁和屋顶上晃动。砰的一声，他把匕首插在桌上，慢吞吞地坐下，双手抱住头。

"这就是你歌唱的自由和快活吗？"我问。

白华擂了下桌子。"少说两句吧。"

"回答我的问题。"

"我歌唱我没有的，谁都是这样！"他从桌底下摸出一瓶白酒，在桌角磕掉瓶盖，给自己斟了一杯。

"白华，不能再喝了。"我走到他对面，说。

"陪我喝一杯吧。"他又斟了一杯，推到我面前。他的眼眶里渐渐噙满了泪水，然后深深叹了口气。"你是个好人，萧凌，我不会伤你的，我只巴不得天天看着你，听你说话。谁要碰你，瞧，就这样——"

他猛地拔起匕首，朝自己的手心就是一刀。血涌出来，滴进酒杯，他又捅了一刀，杯子里的酒变红了。我一把攥住他的腕子，夺过刀子。"你疯了！"

"没关系。"他懒懒一笑。"我们这儿血不值钱，天地良心。"

"少废话，按住这儿，把手抬起来，按住！听见没有？有绷带和药吗？"

"在箱子上，真正的刀伤药。"

包扎完毕，我长长地舒了口气，坐下来。"你经常这样吗？"

他摇摇头。"哎，老一套。"

"你倒说实话。"

灯花飞爆，划出一道道美丽的弧线，随即化成一缕缕青烟。

"白华，你见过星星吗？"我问。

"那还用说。"

他明白我的意思吗？不过明白也好，不明白也好，都和他无关，这纯粹是我自己的内心状态。一种情绪，一种由微小的触动所引起的无止境的崩溃。这崩溃却不同于往常，异样的宁静，宁静得有点儿悲哀，仿佛一座大山由于地下河的流动而慢慢陷落……

寂静发出嗡嗡的声响，起初是遥远的，轻柔的，渐渐变成刺耳的喧嚣，仿佛这间小屋再也容纳不下了。

他举起杯子。"来，干一杯吧。"

杯子在空中闪烁。星星，居然会有这样的感觉，那它们一定是无所不在的。即使在那些星光不可能达到的地方，也会有别的光芒。而一切就是靠这些光芒连接起来的。昨天和明天，生与死，善与恶……

"好吧，我不喝了。"他垂下头，说。

我举起酒杯。"来，干杯。"

〔白华〕

我做了个梦，梦见星星。

"醒醒，华哥。"有人推我，原来是蛮子。

"什么事？"

"一点二十的车快到了。"

我掏出怀表，在表蒙上弹了弹。"慌什么，还有一个钟头呢。"一阵火辣辣的疼痛，我不由地咧咧嘴，瞅了眼缠着绷带的左手。走到水桶前，用右手朝脸上撩了点儿凉水，抹了一把，然后朝她刚才坐过的那把椅子瞥了一眼。"走，带上家伙。"

大街上冷落得很，一只老猫在垃圾堆上叫着。我抬着头，星星，忽闪忽闪。唔，这些宝贝疙瘩，不就是这样儿吗？

"华哥，你在瞅啥？"蛮子也抬起头。

"你见过星星吗？"

"咳，这不就是？"

蛮子愣磕磕地盯着我。

到了西站，顺着围墙的阴影。前面不远，有人正低声说话。

"我们就要五块。一点儿也不多。"一个女孩尖声细气地说。

"这可是老价钱呀。"有点像兰子的哑嗓。

"三块，够你们吃几天了嘛。"一个操东北腔的老混蛋说。

我朝蛮子递眼色，走过去。墙根下，兰子和另一个不过十三四岁的丫头靠在墙上，正跟两个四十来岁的家伙讲价钱。

"说不行就是不行，我们的钱也不是白来的。"其中那个大下巴的混蛋说着，忽然瞅见我们，用胳膊肘碰碰另一个，转身想溜。

"站住！"我低声喝道；蛮子抄到他们背后。

"什么事？"大下巴故作镇静地舔舔嘴唇。

"把价钱说定了再走。"

"什么价钱？不懂。"

"少装蒜！"我说，"每个拿十块钱。"

"干嘛？"大下巴不服气地哼了一声，"这不是砸明火吗？"

"砸的就是你！"蛮子拔出刀子，顶住大下巴的腰眼儿，他哆嗦了一下。

"大兄弟，抬抬手让我们过去吧。"另一个在苦苦哀求。"初来乍到，不懂这儿的规矩。"

"这儿规矩很简单，"我说，"不拿钱的就把命留下。"

"我们拿，拿。"那个家伙哆哆嗦嗦地摸出两张十块钱钞票，递给我。

"滚吧。"待他们走远，我望着兰子她们那煞白的小脸，把钱递过去。"拿着吧。"

"华哥，"兰子苦笑着，"这两天不顺哪。"

"蛮子，你身上还有多少？"我问。

"六十。"

"分给她们三十。"

蛮子不乐意地掏出钱，递给兰子。

"谢谢啦，华哥。"

我们翻过墙，绕过一垛垛货物，溜到调度室，见四周没人，推开门，老孟正晃着鸡脑袋，哼着小调。他紧张地走到门口看了看,"没人看见?"

"放心吧。"蛮子拍了拍他的肩膀,"这回给备了点儿啥货?"

"都是好东西。"他看了看表。"再过二十分钟进站,进第三轨,停车十分钟。上等货挂在第三节,不过要小心,有押车的……"他的喉头上下滚着,像颗咽不下去的大枣。

"这是烟钱,"我递给他几张钞票,"酒钱下回送来。"

"没的说,算华哥看得起我。"

我们穿过铁轨,在一个水泥垛的阴影里蹲下。蛐蛐在草丛叫个不停。

远处呜的一声,铁轨震颤着,铮铮直响。妈的,火车进站了。

四

〔白华〕

大玻璃窗照出了各路货色：吊灯、桌布、酒瓶、吉他、头巾、军装，外加一个挺水灵的鲜花篮子。怪事儿，这大冷天打哪儿弄的鲜花？那位媛媛正忙进忙出。她还认识我吗？听杨讯说，今儿是她生日。萧凌独个儿坐在墙角，离那帮崽子们远远的。不行，杨讯总在色迷迷地瞅她，得跟他把话说在头里。

我往窗前凑了凑。景儿全换了：圆圆的月亮。一棵柏树戳在月光下，像个半死不活的老白毛。星星呢，一颗也没有。

"安静点儿，谁先唱一个，"有人扯着嗓子叫喊。"吉他、吉他……"

吉他嘣嘣响起来，有人跟着嚎叫，还他妈的跺地板。

我后退一步，月亮和老白毛全飞走了，她还是坐在那儿，动也不动，黑黑的眼睛，红红的嘴巴，脸煞白煞白，像张纸,一股酸溜溜的东西钻了上来。哎,那是十年前的事儿了……

初冬的早上,风停了,坑坑洼洼的路面被风舔得干干净净。我像往常那样,踏着吱吱作响的冰碴子走进候车室,跟扫地的贾老头打过招呼,就到椅子后面去取那根戳烟屁的棍子。一个瘦瘦的小女孩靠在那里,裹着件绽出棉花的破大衣,看样子不过十一二岁。她朝我笑笑,我也咧咧嘴,取出棍子就走了。

晚上,我照例溜进候车室,炉火呼呼直响,人们七倒八歪睡在地上。我一愣:她照旧靠在那张椅子后面,有气无力朝我笑着。

"没走?"我问。

她摇摇头。

"就你一个人?"我又问。

她点点头,又笑了笑。

"我问你话呢,傻笑个啥?是哑巴?"我有点儿生气了。

"我不是哑巴,"她咬着字轻轻说。

"那你干嘛不吭声?"

她瞅了我好一阵,用舌尖舔舔干裂的嘴唇。"水,我想喝水。"

我端来一碗热开水,她双手抱着碗,牙齿碰在碗口哒哒响。我摸了摸她脑门,吃了一惊。"哎呀,这么烫,你在发烧哩。"

大颗大颗的泪珠子滚进碗里。

"怎么回事?你说呀。"

她抽抽搭搭边哭边说:"后娘,带我来看病,……坐火车到这儿。大夫说,好不了,还得白花好几百……后娘,她、她就把我带到这儿,说是给买好吃的,就没、没影儿了……"

"这个老混蛋!"我把牙咬得咯嘣响。"瞧我非揍扁她!"

她不哭了,眨眨眼。"她、她不老。"

"不老也一个样。"

"她可胖哩,你揍不扁她。"

"那我用砖头把她砸扁,你信不?"

"信。"她笑了,腮帮现出圆圆的酒窝。

第二天一早,我跟小伙伴凑了点儿钱,给她捎回些药和吃的。我用开水把馒头泡软,一点点喂她。她很听话。每天晚上,我都给她讲故事,她总在问:"后来呢?

后来呢?"

有一回,她梳着小辫对我说:"我有个哥,可好哩。"

"那又怎么样?"

"他像你,真的。"

我一把攥住她的小手。"我就是你哥,听见吗?"

她愣了半晌,羞答答地垂下眼皮。"哥。"

几天过去了,她的病竟好转起来。我找来个"大夫"看了看,他跟我走出候车室,把递给他的钱搓成卷,塞在帽子里,想了好一阵,然后叹了口气。"药太贵了,老弟,得这个整数……"

"你开吧,我买得起,买得起!"

我在冷风里转了很久,走呀,走呀,嘴唇咬出血来。为了她,我啥都肯干,哪怕是死!

夜深了,我回到候车室,她睁眼在等我。"哥,回来这么晚?"

"嗯,有点儿事。"

"你在发抖……"

"外边冷。"

"来,坐过来,让我暖暖你。"炉火照在她的小脸上。她紧紧搂住我,可我颤得更厉害了。"还冷吗?"

"不，不冷了。"

"等病一好，俺给你唱支歌。连家里那头牛犊子也眨巴眼，听个没够……"

我忍不住哭起来。

"咋啦？哥，"她慌了，用小手梳平我那蓬乱的头发，泪珠子也扑簌簌滚下来……

一清早，我悄悄坐起来，挪开她搭在我肩上热乎乎的小手，愣愣地瞅了她半晌。直到她眼皮动了动，我才走开。

开头挺顺，可我心里头一个劲儿地嚷：多点儿，再多点儿……突然，在公共汽车上，一个肥头大耳的家伙拧住我的耳朵，把我揍进派出所。一个歪戴帽子的瘦干狼转着串钥匙，用指头戳了戳我的脑袋瓜儿。"关五天，算便宜了你！"

我疯了似的抓住他衣角，苦苦哀求。"叔叔，您咋罚法儿都行，打我吧，打断这只胳膊吧，只要我能走。别关我，叔叔，啊？别、别，我还有个生病的妹妹，她快死了……"

"快死了？"他哼一声。"像你这样的小叫化子，死一个少一个！"

咔嚓一声，牢门锁上了。我扑过去，用头撞着门，指甲抓得满墙是血。

五天过去了,我在马路上发疯似的跑着,吃惊的人们让开一条路。我撞开候车室的门,冲到那个角落,那里空荡荡的。"我妹妹在哪儿?她在哪儿?"我朝围过来的人大喊大叫,谁也没吭声,贾老头拖着扫帚顺墙根儿溜走了。

〔**林媛媛**〕

总算唱完了,唱得人心烦意乱。我在围裙上擦擦手,绕过桌子,走到小讯身边。他站在书柜前,正翻看着一本书。

"有事儿吗,媛媛?"小讯抬头问。

"她是谁?"嗓子直冒烟,我费劲地咽了口唾沫。

他翻着书,似乎答案写在那上面。过了一会儿,他说:"她叫萧凌。"

"女朋友?"

从玻璃的影子中,我看见他露出一丝很难察觉的微笑。"就算是吧,不欢迎吗?"

"欢迎!"我狠狠瞪了他一眼,扭头走开。

厨房里,姑娘们叽叽喳喳说笑,一股呛人的油烟在天花板上飘。我走到碗柜前,随手拿起一个空盘子,用抹布擦着。盘子中心印着朵红艳艳的山茶花。原来是这样，日日夜夜的烦躁的噩梦终于有了答案：我爱他。可他呢？别哭，今天是我生日，我十八了。我朝头上那块乌蒙蒙的镜子瞅了一眼。哼，我丑，又怎么样？她好她的呗，干嘛把她带到这儿来？哼，别假惺惺笑了。山茶花模糊了，像摊血，破花，都是假的。我恨你，恨所有的人。呸，破花……

发发凑过来。"芙蓉鸡片要不要放糖？"

"不知道！"我没好气地把脸扭开了。

"又怎么啦？"她扳住我的肩膀。

"胡椒面迷眼了。"

"得了，连假话都不会说，告诉我——"她夺过盘子，盯着我的眼睛，"噢，原来是这么回事儿，可你老不认账。说吧，打算怎么办？想报复吗？"

报复！报复，报复？我用不同的声调默念。可怎么报复？又凭什么呢？"发发，你少说两句吧。"

"行，以后再谈。今天是吉庆日子，高兴点儿，想件高兴的事儿，你就会好些。马上开饭了，咱们去瞅瞅……"

我环视着一张张脸，显得遥远而陌生。怎么，他们是来庆贺我生日的吗？可我和他们又有什么关系？我十八了，真让人难相信，好像一张幻灯片插错了，哗啦一声推到你面前。在这以前是什么？以后呢，又是什么？哎，活着真无聊……

发发用勺子敲了敲盘子，"安静点儿，同志们，把烟掐掉，这屋里另一半人还想活下去。"

笑声。可笑吗？

"林媛媛刚才中了点儿煤气，有点儿不舒服。"发发举起小勺，"现在由我宣布……"

碰杯和哄笑声，大家都很高兴，唯独我。你们高兴吧，笑吧，把我忘掉好了，可就是别挂什么假招牌。

我的目光又落在那个样子很凶的家伙身上，我哆嗦了一下。他是谁？好像在哪见过。看看他喝酒都吓人，像喝水一样。

那两口子嘀咕着什么，他们意识到我的注意，用喝酒来掩饰慌张。何必呢？这又不是教堂，你们亲嘴都行！

〔杨讯〕

"萧凌，你不舒服？"
"我不该来。"
"喝酒吧，媛媛在注意咱们。"

"她多大了?"

"十八,比你小五岁。"

"我比她大一百岁。"

"为什么不更多?"

"这是极限,一个世纪只有一百年。哼,伟大的二十世纪,疯狂、混乱、毫无理性的世纪,没有信仰的世纪……"

"喝得慢点儿,萧凌,这样容易醉。"

"这个世界太清晰了,清晰得让人恶心,我希望能蒙上自己的眼睛,哪怕一会儿也好!"

"这不是办法。"

"我希望那些有办法的人也有一点儿良心,他们活在世上有的是办法、办法、办法……"

"少喝点儿。"

"杨讯,你注意过街上拾烂纸的老太太吗?其实,她们死了,早就死了,只剩下一个躯壳,这个躯壳和原来的人没有任何关系,仅仅是保留某种活着的习惯而已。这就是我目前的状态。"

"不,你会思想。"

"那也是一种简单的习惯,正像我还会喝酒一样。"

"你看白华……"

"为什么把话岔开?不中听?不合这里高雅的气氛?嗯?"

"萧凌,我们都有这样的时候,一切都会过去的。"

"不会过去,永远不会,你用不着安慰我。"

"你说吧,我不阻拦你。"

"我不想说了。"

吉他奏出强刺激的和弦。吊灯开始慢慢旋转。墙上的人影层层叠叠,摇摇晃晃,似乎这些影子代表了舞台脚灯后面的远景,为了强调虚幻的部分而设置的。

我站在窗前抽烟,白华走了过来。

"有烟吗?"他问。

我递给他一支。他点火,默默抽着,眼睛盯着慢慢加长的白色烟灰,久久没做声。终于烟灰掉了,他抬起头望着我,一只眼睛眯得细些。"你、你喜欢她?"

"谁?"

"还用我指名道姓?"他那只眼睛眯得更细了,几乎闭在一起。"为什么不吭声?"

这一瞬间,我在他眯起的眼里看到那天在酒馆看到的一切:混浊、残忍和渴血的愿望,这反倒使我冷静下来。"我喜欢她。"

"你可别拿人耍着玩。"他从牙缝里丝丝地挤着字眼。

"这话该对你自己说。"

"行啊。"他怔了一下,舒了口气,我从他嘴边徐徐散开的烟缕中感到,他是多么紧张。"咱们把话说头里,谁也别挡谁的道儿!"

"……我认识这么个人。"发发坐在桌子上抽烟,周围站着几个小伙子。"别瞧我爹正在抓他,可我们还是照常来往……"

"他家住在哪儿?"一个毛头小伙子问。

"咳,他是个没爹没妈的狗崽子,哪儿来的家呀?"

"他叫什么名字?"

"白华……"

我担心地看了看白华,他毫无表情。他吸尽最后一口烟,把烟头撕碎,扔在地上,用鞋尖拧了一下,然后推开我阻挡的手,向人群走去。大家的目光渐渐聚到他身上,屋里安静下来。发发收住话题,莫名其妙地环视着周围。白华走到她面前。

"找我?"发发从桌上滑下来,问。

"对,找你。"

"什么事?"

"咱想结婚,跟你,同意不?"

发发后退了一步,把椅子碰倒。一片死寂。"你、你是谁?"

"不认识啦?你刚才提到的那个狗崽子呀。"白华用手托着发发那微微抖动的下巴。"回家跟你老爹商量商量,给个回话,嗯?"白华放下手,懒洋洋地扫了四周一眼,走出门去。

顿时乱作一团,发发哭得浑身乱颤,有人叫着要去追,有人提议给公安局打电话,可谁也没敢走出屋子。媛媛气冲冲走到我面前。"哼,都是你干的好事!"

人们散去,屋里只剩下我和萧凌,她依旧坐在老地方,手托腮,凝视着墙上的挂钟。

"你在想什么?"我问。

她摇摇头,然后走到屋角的旧钢琴旁,揭开落满灰尘的方格布罩,在琴凳上坐下来,动作之慢,像个久病不愈的老人。

一个清晰有力的和弦打破寂静,屋里的玻璃震颤起来,热切地应和。接着,急促的琴音像溪水般地流过……她停下来,转身请求说:"把灯关上一会儿。"

她弹起贝多芬的《月光奏鸣曲》。月光从窗外流进来，落在她苍白的脸颊和脖颈上。月下的海滩，浪花轻击着岩石，吐出金色和红色的泡沫。号角在远方吹响……轰的一声，像雷电划过：她趴在键盘上，肩膀微微抽动。

"萧凌——"我走到她面前。

她仿佛刚从梦中醒来，慢慢直起腰，甩了甩头发，凝神地看着我，眼里含着泪水。月光下，一种深沉的热情在她的脸上复苏了。

〔萧凌〕

"不管怎么说，谁反工作组就是反党！"

"光扣帽子有什么用？工作组明明在压制群众，有什么权利代表党？"

"那……"她支吾着，漂亮的脸涨红了。"你、你什么出身？"

阳光在红红绿绿的大字报上闪烁，十分刺眼，我痛苦地眯起眼睛。"高知。"

"哼，狗崽子，别有用心！"她狠狠地打了我一个耳光，漂亮的脸扭歪了，她吃惊地看了看自己发红的手心。

砸门声。

"谁呀？"妈妈放下喷壶，在围裙上擦擦手。紫罗兰叶簇上滚下一颗亮晶晶的水珠。

门打开了，拥进十几个人，为首的是个长着娃娃脸的男孩子。他用手背擦擦沁着汗珠的鼻子。"喂，站好，别乱动……开始吧。"

"为什么抄我们家？"妈妈惊恐地问。

娃娃脸随手挥了下皮带，紫罗兰花瓣纷纷落下。"就为这个！"

穿衣镜被打碎了，一双双皮鞋在碎玻璃上踏来踏去，吱吱作响，衣物和书籍抛得满地皆是，有个家伙走到钢琴旁，用脚踢了踢。"美国货，抬走，多来几个人……"

"简直是土匪！"妈妈喃喃说，双手绞在一起，骨关节勒得发白。

娃娃脸转过来，笑了笑。"说我们，嗯？"

我想阻止妈妈，可已经晚了。"就是你们，土匪！怎么样？"妈妈提高了声调。

"不怎么样，"他收敛了笑容，挥挥手，"来人，教教她怎么和红卫兵说话。"

我朝妈妈扑去，可是被猛地推开。七八条皮带向妈妈飞去。

"妈妈!"我挣扎叫道。

皮带呼啸,铜环在空中闪来闪去。突然,妈妈冲出重围,向阳台跑去,她敏捷地翻到栏杆外面。"谁要过来,我就跳!"

一切都静止了,天那么蓝,白云纹丝不动,阳光抚摸着妈妈额角上的伤口。

"妈妈——"我大叫了一声。

"凌凌——"妈妈的眼睛转向我,声音那么平静。妈妈。我。妈妈。眼睛。血珠。阳光。白云。天空……

娃娃脸似乎清醒过来,他用皮带捅捅帽檐,向前迈了一步。"跳呀,跳呀!"

我扑上去,跪在地上紧紧抱住他的腿,用苦苦哀求的目光望着他。他低下头犹豫着,嘴唇微微张开,露出亮闪闪的牙齿。他咽了口唾沫,用力把我推开。

"妈妈——"

白云和天空陡地翻转过来。

我关上门,目光斜到一边。"爸爸,把脖子上的牌子摘掉吧。"

"不行，人家会来检查的。凌凌，这不累。"

暮色闯进屋来，我和爸爸在昏暗中坐着。我感到了他凝神的目光。"别这样看我，爸。"

"就这一次，爸爸平时看你太少了。"他忽然问，"凌凌，要是爸爸也不在了，你怎么办？"

"你胡说些什么呀！"我愤愤地打断他的话。

夜里，我惊醒了，蹑手蹑脚地走到爸爸的房间门口。月光下，床空空的。桌上压的一张纸条，在风中瑟瑟作响。"凌凌，我的孩子：太耻辱了，我无法再活下去，原谅我的软弱吧。别找我，我不愿意让你看见我死去的样子……今天晚上，我看着你，我的心都要碎了，你还小，将来该怎么办？别了，凌凌！"

一盏盏孤独的路灯。杨树的落叶在脚下飒飒作响。我站住了，把手搭在冰冷的石栏杆上，河水冲击桥洞，在水银灯光下回旋，吐出一串串泡沫。它的声音安详、平和，又充满了威严而不可抗辩的力量。这是和世界一样古老的语言。

火车汽笛在远方长鸣一声。起风了，落叶飞扬，被吹进幽深的河里。我转过身，沿着漆黑的公路走回去。

五

〔**林媛媛**〕

发发哼着一支曲子,独自滑着舞步,在屋里转来转去,皮鞋在地板上吱吱作响。她忽然停住问:"那家伙没有再来过?"

"来过了,前天下午。瞧,就从这个窗户跳进来的。"没想到,我的谎话来得这么顺溜。

"后来呢?"

"问起你。"我抿嘴忍住笑,从衣架上拉下件晾干的衬衣,摊在床上叠起来。

"后来呢?"

"问你的地址。"

"后来呢?"

"当然是不知道了。"我直起腰,说。

她徐徐吐了口气,活像条在水底憋了半辈子的鱼,好不容易浮到水面上。"没怎么样你?"

"什么？"

"我是说，跟这路人睡一觉也不赖。"她把双手按在胯骨上，做了个放荡的姿势。

我气得浑身直颤。"发发，你、你不要脸！"

"干嘛这么凶，刚吃了死孩子肉？"

这时，爸爸推门进来，发发悄悄溜掉了。我把叠好的衣服狠狠摔在床上。这一切太没意思了，这就是生活和朋友吗？这就是我吗？真烦死了，窗户关得严严的，暖气烧得嘶嘶响……我总觉得，有什么东西就躲在窗外，只要一推开窗，就会呼呼涌进来，可那又是什么呢？

爸爸沉甸甸的大手放在我肩上。"媛媛，该工作了，人闲着就要出毛病……"

"你闲了那么多年，也没出毛病。"我顶了他一句。

"你怎么知道没有？"爸爸说。"好了，看这天气多好，去烈士陵园走走，怎么样？"

上课吗？穆老师的大冬瓜脸："这是纪念革命先烈的地方……向右看齐！"敲队鼓，朗诵诗，献花圈……随便吧，我们生来就是为了听话的。

马达轻轻哼唱着，我坐在前排座位上，斜眼盯着吴胖子的两只毛茸茸的大手在方向盘上滑来滑去。车开得真快，行人纷纷闪开。换了我，我才不躲呢，看谁敢撞！人坐在车里，想的就不一样了，只求稳当点儿，快点儿。

"停车，"爸爸拍了拍吴胖子的肩膀，汽车嘎地刹住，他探出头。"去哪儿，小讯？"

"随便走走。"

"上车吧，"爸爸的头发被风吹得直打转。"一起去烈士陵园走走，难得的好天气。"

杨讯抬起手，腕上的手表在阳光下闪闪发亮，有约会吗？哼，别耽误了！

后车门砰地带上。"媛媛变成哑巴了？"

我扭头瞪了他一眼。"你才是哑巴呢！"

"这孩子，"爸爸责备说。

马达又哼唱起来。笔直的白线钻进轱辘底下，好像都绕在车轴上。头上的小镜子哒哒直响，映出爸爸的眼睛，那么衰老而疲倦，就像一辈子没睡觉……窗外的侧视镜映出另一双眼睛，我不禁哆嗦了一下，一股凉气顺着脊梁爬上来。这是怎么啦？可我什么也没看见呀，没有，除了两双眼睛……白线，白线，白线。

初冬的阳光暖洋洋的，几个拾柴的乡下孩子聚到车旁,一边比划,一边嘻嘻笑着;穿光板羊皮袄的老头靠在不远的长椅上养神,手伸进油亮的领口搔着痒;一对情人穿过广场,朝小松树林走去。

"媛媛——,媛媛到这边来——"有人齐声喊道。噢,原来是市委大院的伙计们,他们穿得花里胡哨,挎着相机,站在纪念碑台阶上朝我招手,姑娘们扬起了花头巾。"去吧,"爸爸说。"等等,一块去看看。"

我们一上台阶,大伙围了过来,"林伯伯好!"

"喂,你们这是在办时装展览?"爸爸说。

"您反对吗?"徐猴钻到前面说,今天他穿了件黑色皮夹克和一条棕红色的细腿裤。

"至少我不想说赞成。"

"服装就应该有个性,谁想穿什么就穿什么……"徐猴说完扮了个怪样儿。

爸爸拍了拍他的肩膀。"让我来看看你的个性。听命令:蹲下!怎么样,看你打起仗来怎么办?"

"这和打仗有什么关系?"快嘴的王胖儿插了一句,"我们讨厌战争!"

"敌人来了,你怎么办?"

"我?"王胖儿掰起手指头,"第一,那是没影的事……"

"第二呢？"

"真要是来了，我们也不是胆小鬼。我就是不明白，这和穿一两件漂亮衣服有什么关系？"

爸爸笑了。"我不反对漂亮，但应该注意美观大方。"

徐猴又把头探过来。"要是对美观的看法不同呢？您就干脆下道命令吧：换上标准蓝制服一套……"

"其实我们今天有意打扮一下，就是因为都觉得自己太老了。"王胖儿叹了口气。"林伯伯，您干嘛总是提打仗？"

爸爸脸色一沉，转身望着纪念碑。"你问它吧，它下面躺着一千一百……"

"……五十七位烈士，这我三岁的时候就知道。我就不相信整天冲呀杀呀的，要是没有恋爱也就没有我们。"

大伙都笑了。

"好厉害的姑娘，"爸爸说。

"依我看，你们那会儿要比我们轻松些，一切都明摆着，用不着含糊。可我们，要么干脆没出路，要么所有的出路都让你们安排好了，活着还有什么劲儿。媛媛，你说呢？"

我暗暗地眨了下眼。

"别夸大我们的作用,成不成气候,还要靠自己。你叫什么?好,王胖儿同志,以后再聊。你留下玩吧,媛媛,我和小讯去走走。"

我感到空虚极了,和大伙闲扯了几句,就溜到纪念碑后面的阴影里,从这儿看天空,显得更蓝了。几只乌鸦嘎嘎飞过。这些丑八怪还挺乐,听说有的国家把它们还封成神鸟呢。看来连乌鸦的命也不一样,可叫起来都差不离:嘎嘎、嘎嘎……

他们俩的身影消失在密林里。

〔林东平〕

我们沿林间小路,向山岗走去。枯叶覆盖着路面,在脚下沙沙响。微风掠过,疏疏朗朗的灰色枝条微微摆动。

很久没来了。这个陵园建于1955年,是我签字批准的。当时的市委书记老韩恐怕万万没想到,他自己会成为第一千一百五十八名,和他前后死于非命的,还有本市几百名教师和干部。他们的名字应该刻在纪念碑上,让孩子们记住他们,记住这一段历史。在这长长的死者名单里，其中就有媛媛的母亲。她作为省委工作组的成员被派到这儿，不到一个月就死了，死在批斗大会上，据说是由于心脏病复发。我对不起她，多年的感情不和加重了她心脏的负担，尤其当她知道我和若虹的事儿。然而，世界上却没有一个感情的法庭，除了良心。可如今良心的种类太多了，对我来说，只有一个，而绝不是两个。我的良心又何在呢？"……我就不相信整天冲呀杀呀的，要是没有恋爱也就没有我们。"王胖儿那细溜溜的眼睛似乎看透了我的心事，好厉害的姑娘。是呵，人，都有自己的历史，有自己欢乐和痛苦的秘密。别人是不可能知道的，除了那个和你共同建立秘密的人。小讯为什么不爱说话？一点不像他妈妈，组织上分配若虹协助我工作的那天晚上，我们聊了几乎一个通宵。由于怕引起外人的注意，屋里没点灯，月光顺天窗泻进来，照亮了她坐的那张老式铁床架上的铜球，最后她累了，倚在铜球上睡着了。我给她盖上毯子，去贮藏室拍发了最后一份电报……

　　白杨树擦身而过，这一个个白色的纪念碑。应该为我们不幸的爱情竖一个纪念碑，告诉孩子们：我们是为你们的幸福牺牲了一切。果真如此吗？事实往往被夸大了，我们至少留下了爱情的果实，留下了持久的回忆。

小讯走到前面去了，几只乌鸦聒噪着，翅膀擦着树梢飞过。该死的家伙！人们珍惜的一切你们竟毫无顾忌，甚至以破坏为满足。幸好世界如此之大，大得可以容纳一切。容纳是什么意思？也就是共存了？可是像我和王德发这样的家伙能够共存吗？他活得那么有信心，根本不把我放在眼里，所以说起话来才如此放肆，刚才在办公室的一幕……

"……金银河工程的协作问题，基本情况就是这样。"王德发合上笔记本，探探身子，从桌子对面推过一盒劣等纸烟。

"刚掐掉。"

"另外我有这么个想法，"他摸摸发青的下巴，沉吟片刻。"新的年度就要开始，咱们的供应情况一直成问题，能不能改革一下？我算了笔账，如果每月每人的油、糖、肉和鸡蛋都压缩到最低限度，靠上周围几个县就能自给，用不着到处求爷爷告奶奶了……"

"最低限度？"

"别急，有科学根据。上回我到省里开会，请教了一位医学权威。"王德发兴奋起来，他从口袋里摸出张纸。"报告我都打好了，咱们搞出点名堂来，说不定全国都要向咱们学习呢……"

我戴上花镜，看那份报告。"白糖二两？"

"人体可以从粮食和高淀粉的瓜菜中得到糖分，科学嘛！"

"是个好主意。"我摘下花镜，揉揉眼睛。"农民怎么办？刚赶上水灾，拿什么上缴？"

"咳，俗话说，没有享不了的福，也没有受不了的罪。我们是乡下长大的，比你更了解他们。五八年怎么样？那可是你们办的好事，我那年冬天正赶上从部队回家探亲，饿死多少人，不是也过来了嘛。"他用指甲剔了剔袖口上的一块油斑。"勒紧点儿裤腰带，问题就解决了。"

"勒紧谁的，包括你和我吗？"我问。

他若有所悟地笑了。"老林呀，你怎么越活越胡涂了，咱们还能算了数？放心吧。"

我把双手在桌上摊开，又慢慢捏拢。

"老林，签个字吧。"他说。

我戴上花镜，又看了遍报告，然后从花镜上端瞥了一眼他那只夹着香烟的手。这只手会干什么？拍桌子，打电话，甚至会掐住喉咙不放……

"我不签，"我摘掉花镜，推开报告说。

王德发用指关节在桌上敲了敲。"老林，你我都是过来的人了……我也是没法子，可这是上面的意思。"

"那为什么不下道命令？"

他微微一笑，"这你还不懂？自下而上嘛，这是从你们扛枪杆打游击时留下的光荣传统。"

"既然如此，就应该拿到党委会上讨论一下，听听大家的意见。"

笑容从他鼻翼上一束细细的皱纹中消失了，他毫无表情地望着我。

"好吧，"他说。

山岗上耸立着几棵高高的白杨。阳光照在笔直的躯干上，在周围灰色调子的反衬下，显得异常洁净、挺拔。风把枯叶刮进低洼处。我在一块风化石上坐下，大口吸着烟，咀嚼落进嘴里的苦味的烟丝。在这小路、落叶和白杨织成的寂静的网中，一缕淡淡的哀愁扩散开来，被风带到漫山遍野。

小讯走到白杨树旁，向远处眺望。

〔杨讯〕

那边是城市和她。她在哪儿?一抹薄雾覆盖隐约可见的街道和屋顶,千百扇窗户在夕阳下燃烧,闪着奇异的光。

我转过身,林伯伯正凝视着我,目光中含着一种老年人的孤寂。

"这儿真美,"我说。

他点点头。

"要不是落叶,简直看不出是冬天。"

"季节的更换总是这样,悄悄的。"风从他的嘴边吹走一缕缕烟。"说不定马上要下雪了。"

我看看表。"该走了,我还有点儿事。"

"什么事?"

"看场电影。"

"约会?"

我笑了笑,没回答。

"同学,还是本地姑娘?"

"都不是。"

"哦,"他沉吟片刻,做了个手势,"去吧,代问个好,我再坐一会儿。"

雪花打着旋,漫天飞舞。夜褪色了,我们俩站在电影院台阶上,看黑色的人流漂浮着一块块鲜艳的头巾,沿着我们分开又合拢,渐渐消失在白茫茫的飞雪中。

"真奇怪,除了咱们,怎么还有这么多人能忍受这种电影,一直到结束?"萧凌说。

"就像忍受生活一样,没什么难的。"我说。

"可毕竟是艺术啊。"她从口袋里取出块红纱巾,系在头上。"我总在想,这些制片厂的人恐怕脑袋都出了毛病……"

"是国家机器出了毛病。"

"嘘——"她把手指贴到嘴边,四下看了看。"你县大狱还没蹲够吗?"

"这场雪下得挺突然,"我说。

萧凌贪婪地吸了口冷空气。"我和雪花签订过合同,就是在人们意想不到的时候飘落。"

"在哪儿签订的?"我问。

"玻璃窗上,用呵气和手指。"

"什么时候?"

"四五岁。"

"那时候你这么大,"我指指走过的一个穿绿棉猴的小女孩。

"那时你这么大,"她指指小女孩手里拎着的一只塑料玩具狗。

我们都笑了。

"它们没有撕毁过合同吗?"我又问。

"只有一次。"

"哪次?"

"就是这次,今天,我想到要下雪了,我想到了。"她叹了口气,雪花在她嘴边消失。"大自然有这么一种力量,能使我们与自己,与别人,与生活和解……"

人群散尽了。电影院门口的灯一盏盏熄灭,白雪覆盖的大地明亮起来,像一面晦暗的镜子。

"……我太累了,多想好好休息一下,有个归宿,有个窝。"她悲哀地闭上眼睛。"能舔舔伤口,做个好梦。"

"归宿,"我重复了一遍。

她点点头。"是的,归宿。"

"萧凌,"我一把抓住她的手,说。

"嗯?"她低下头,脸红了。

"假如有人愿意帮你分担一切呢?"

"一切。"她喃喃低语。

"是的,一切,痛苦和孤独,还有欢乐。"

她抽回了手。"傻瓜。"

我们隔着一排高高的白杨树走着,雪在脚下吱吱作响,很长时间,我们谁也没说话。

"背首诗吧,萧凌。"我说。

她有点儿心不在焉。过了好一阵,她才咬咬嘴唇,用低沉的声调朗诵:

> 天空是美好的,
> 海水是宁静的,
> 而我只看到
> 黑暗和血泊
> ………………

"你怎么选了这么首诗?"我问。

"是这首诗选中了我。"她咬住嘴唇,摇了摇头。"我只配这种命,有什么办法?"

"你刚才还在提反抗。"

"那是另一回事。"她苦笑了一下。"我首先得反抗自己，可惜连这个能力也没有。"

"照你这么说，这代人就没希望了？"

"干嘛扯那么远？只能说是我没希望了。"

"不，有希望，"我坚决地说，"我们有希望，只要活着就有希望！"

"我们是谁？"她在一棵树干前停住，把半边脸贴在树干上，嫣然一笑。

"我和你。"

"哦。"她摘下沾满雪花的头巾，抖了抖，系在枝干上，让手指在头巾上滑来滑去。"谁给你说这种话的权利？"她急促地低声问。

"我和你。"

她突然抬起近乎严峻的眼睛。"你了解我吗？"

"了解。"

"凭什么？就凭这么几次见面？"

"这是不能用时间来衡量的……"

"不，不，别说了，你会付出代价的。"她匆匆打断我的话，从树干上解下头巾，"时间不早了，走吧。"

雪停了，水银灯光映在雪地上，闪着蓝幽幽的光。她咬住嘴唇,直视前方,步子忽快忽慢,磕磕绊绊,不时踢起一股股雪尘。在最后一棵白杨树前,她停下来,默默望着我,目光中含着犹豫和哀伤。

"咱们分手吧,"她说。

"什么时候见面?"

"不见了,"她把目光转向一边,"永远不……"

"别开玩笑。"

"我没这个兴致。"

"你怎么啦,萧凌?"

"别记恨我,别……"她的嘴唇哆嗦了一下,扭头快步走开,渐渐消失在前面的路口。

我在雪地里站了很久。一场噩梦,它是怎么开始的,又怎么草草了结?我攥了把雪,贴在脸上,任雪水一滴一滴淌进脖子里。

我蹒跚走着。狭窄的街道,歪斜的房屋,挤压得我透不过气来。我在一根电线杆旁站住。前面不远的地方,一男一女正低声说话。怎么,是白华和她?!她匆匆朝我这边瞥了一眼。然后压低声音对白华说了句什么。白华搂住她的腰,朝阴影走去。

周围的一切旋转起来,带着嗡嗡的呼啸,带着一串刺眼的灯光和肮脏的黑雪……我扶住电线杆,恶狠狠地骂了一句。

〔萧凌〕

风把泪水从眼眶中吹掉,头巾的一角抽打着脸颊,我朝前走去,绝不回头一顾,绝不!前面就是深渊,可我无法伸出求救的手,谁也救不了谁,又何必同归于尽呢?总该留下点东西,留下一丝温情,一点幻想,一角晴空。

我拐进街心公园,在一张被雪松半遮住的长椅上坐下来。这里幽静极了,能听见风从树枝上抖落雪的声音,还有几声远处的汽车喇叭响。啪的一声,一颗黑色的松果落地,滚到我的脚边,我用鞋尖轻轻地把它踩进雪里。

"咦,是小萧。"忽然有人搭腔,吓了我一跳,原来是"二踢脚",他斜倚着不远的另一张长椅,脚搭在扶手上。"这回又怎么啦?"

我没理他,扭头望着松林对面像峭崖似的幢幢楼房。

他摇摇晃晃地走到我跟前,吐出一股难闻的酒气。"没去上班,嗯?"

我盯着他。

"别瞅咱,咱有病假条,三十八度六,需要溜达溜达。"他眯眼,嘴角的大折痕一张一弛。

"我在村里倒听说过治驴用这种办法。"

"说得俏。"他忽然收敛了笑容。"你干嘛不去上班?"

"你管不着。"

"咳,别伤了和气,咱们师徒俩这回该一块叙叙,来,再陪师傅喝一盅。"他从口袋里摸出半瓶酒,在空中晃了晃,凑了过来。

我霍地站起来。"你要干什么?"

"哟,厂里人都说你胆儿大,什么都不在乎,陪师傅喝顿酒就惊着啦?"他眨眨充血的眼睛,伸手想搭在我肩上。我一闪身,狠狠抽了他一记耳光。他愣了愣,朝地上啐了口带血的唾沫,向我逼过来。我气得浑身发抖,一棵树一棵树地往后退,最后碰到临街的铁栅栏上。"我要让你看看马王爷是不是三只眼……"他喘着粗气说。

"嘿,咱烧香磕头,总算求着佛了,谁是马王爷?"外面人行道有人搭话。

我扭头一看,长出了口气。"白华!"

"我刚出诊回来,截了半只胳膊,劁了口猪,累是有

波　动

点儿累,不过实行革命的人道主义嘛。"他一纵身跳进栅栏,拍拍"二踢脚"的肩膀。"哪儿不对劲呀?"

"别碰我!""二踢脚"触电似的跳开。

"羊角风。来,咱们这边儿检查检查。"白华捉住他的胳膊,把他拖到树丛后面去。

"放开我,小心你的脑袋!"

"安静点儿,胃疼吗?肝呢?腰子?不懂什么是腰子……"

累极了,我把脸贴在冷冰冰的铁栏杆上。一切都完了,他还站在那棵白杨树下吗?恨我吧,恨吧,这样会好一些。风在空中呼啸,天那么黑,雪那么白,多强烈的对比呀。我只有硬着头皮走下去,冒着寒风的冷酷和烈日的威严,在路的尽头为自己立一块小小的墓碑……

白华搓着手走回来。"总算打发了。"

"弄死了?"

"哪儿的话,不过是卸了下巴摘了环儿。好歹能爬回窝儿去。"

我们走到街上,雪正在融化,银白的世界被敲得支离破碎,你本是什么,仍要归于什么,幻影总要结束的。那就结束吧。我不在乎!

"到我那儿去坐会儿,"白华说。

"太晚了。"

"瞧不起咱?"

我摇摇头。

"你说句话吧,说吧,我准死跟你一辈子。你信不?"

"白华,你尊重我吗?"

"那还用说。"

"尊重的直接意思就是,我不想听的话你不要说……"这时我看见了他,他站在不远的电线杆下盯着我们。我的心猛地收缩了。"白华,扶我一把,我头晕。"

白华的嘴唇微启,似乎有什么东西压得他喘不上气来。他伸出胳膊,我依在他肩上走进一条昏暗的胡同。

"放开我,"我低声说。

白华哆嗦了一下,没动弹。

"放开!"我粗暴地推开他,转身跑开。

路灯一闪一闪,到处都是泥泞。

六

〔**林东平**〕

六点二十分：党委扩大会议开了整整三个小时。

"……两个多月来，我们整天在这儿扯皮，省里的精神迟迟贯彻不下来，商品供应仍处在混乱中。"王德发四下扫了一眼，又说下去，"我们刚脱下军装，地方工作的经验不足，有人就错误地估计了形势……"

开始了，我把一根火柴架在两指之间，这是一条危险的路，它会导致什么样的结局？也许不该想这么多，集中精力。到处弥漫着烟雾，每张脸都仿佛在烟雾中沉浮。他们在想什么？人的思想是很难看清的。小张担忧地看了我一眼。谢谢你，孩子，这算不了什么。毕竟，烟雾不会遮蔽一切。风从一扇打开的窗户吹进来，把一缕缕烟雾带走，飘向很远的地方。春天……

"有人想的是给老百姓一点儿小恩小惠，以此达到自己不可告人的目的。张庄煤矿为什么长期不能上马？这些应该由谁来负责？"

火柴折断了，我抬起头。"由我负责。"

王德发一愣，随后打开烟盒，取出支香烟。"那好哇，就请林主任跟大家谈谈吧。"

"先谈谈张庄煤矿，"我说，"去年冒顶死伤二百多人，这在全国的煤矿事故中也是罕见的。是的，坑道已经修复了，但冒顶的原因至今没有查清。我们怎么能赶着工人再去冒生命危险干活呢？同志们，在座的都是共产党员，应该有良心……"

"良心？"王德发从鼻子里哼了一声。"无产阶级谈的是党性！"

我没理睬他，继续说下去。"至于商品供应，也不能不顾人民死活。这几年生产上不去，原因很多，但关键一点，人没力气拿什么干活？最近，我去过几家工厂，和工人师傅们拉过家常，让人痛心啊。关于小恩小惠，我不知道是指什么，又施舍给谁了。几年来，我们许多账目都是不明不白的，去年五千万元的救灾款……"

"这是什么意思？"王德发陡地从嘴上拿下尚未点燃的香烟。"会计组长在这儿嘛。老吕，你说说，哪项账目不清，嗯？"

老吕扶扶眼镜，垂下头。"我怎么知道？乱七八糟，手续，哼……"

"那你是干什么吃的？"王德发把烟盒往桌上一拍。

"王主任，这个习惯不太好吧？"我把火柴一点点折碎，慢吞吞地说。

"用不着你来教训我！咱站得稳，行得正，到哪儿都过得去，怕什么？倒是那些自称老资格的人，该念念自己那本账……"

"王主任，请不要把个人成见带到党委会上来，"小张愤愤地顶了一句。

"个人成见？"王德发冷笑了一声。"请问，林主任，你那套宅子花了十五万块人民币，钱又打哪儿来的？"

"有一笔市委宿舍的修建费，"老吕说。

"每年多少？"

"二十万。"

会场上顿时议论纷纷。

"看看吧，"王德发往后一仰，摊开两只手。"你倒占了一大半。市委有多少职工？人民呀，良心呀，说的比唱的好听……"

脑袋嗡嗡直响，若虹把小讯托付给我，除了母亲的慈爱之外，还有一种感情的暗示。小讯长大成人了，那次入狱多少削弱了幼稚的热情，使他变得冷静多了。让人担忧的是，他容易受别人影响。他的女朋友是个什么样的姑娘？但愿不是本地的，这里的女孩太俗气。媛媛还是稚气未脱，让人不放心……不，不是时候，集中精力。

"……八条地毯哪儿去了？两套高级沙发哪儿去了？连省里拨来的一台日本电视机也飞到林主任家了。"王德发说。

"王主任，你为什么这样清楚？"我问。

"我搞过调查……"

"不对，因为这些都是你经手办的。前年十月份我到北京开会，你批准动用十五万元盖房子，忘了吧？"

"这、这……"王德发含糊其词了。"可住的是你呀。"

"是我，但这笔钱毕竟有出处，而五千万的救灾款……"我说。

"慢着。"王德发掏出一个小本，哗哗地翻着。"这一笔一笔没个差错，别在我头上打主意。"

"为什么灾民们来信，许多人至今露宿街头，乞讨要饭？"

王德发砰地拍了下桌子，杯子震得叮当响。"你当这点儿钱能管那些口子人大口喝香油？！"

"我没有提到香油。王主任，我们可以成立一个专门的小组，来清理这几年的账目，免得谁担嫌疑。你看怎么样？"

"请吧，"他说。

王德发抬起眼皮，死死盯着我。我把目光迎上去，我倒想看看，你能把我怎么样，靠威胁是没用的，一点用处也没有，反过来你倒该留神：自己的神经是否靠得住？他的眼皮哆嗦了一下，把目光移开。

我走下楼梯。敞开的大门外，星星、夜空和湿滋滋的风糅在一起。后面一阵脚步声，苏玉梅气喘吁吁地追上来。

"会可真不短，我要提意见了。"她说。

"你没走？"

"坚守岗位呗，这种时候，谁也离不开我们。"她戴上红色的尼龙手套，挑逗地望着我。"您不需要吗？"

我没吭声。

"林主任，您怎么不再找一个？"她问。

"没考虑过，再说谁会要我这个老头子。"

"得了吧,如今姑娘们都时兴找老头儿。"

"为了钱?"

"这倒在其次,毛孩子不懂感情,姜还是老的辣。"她咯咯笑起来。

"你呢,为什么不结婚?"

"一个人多清静,自由自在,我可受不了管。"她停顿了一下,意味深长地眨眨眼。"听说,听说您并不是个规矩人,过去挺风流呢……"

"可靠?"

"官方消息。您别在意,我给您保密。"她跑下台阶,挥挥手。"再见啦。"

我走到汽车旁,深深吸了口气。春天,总是让你感到它的存在,其实连冰还没有化完呢,也许这仅仅是一种心灵上的召唤。人到迟暮之年,往往更眷恋开花的季节。官方消息……

我拉开车门。

"散了?"吴胖子打个哈欠,伸伸懒腰。

"开开收音机,听听有什么节目。"

猫眼灯亮了,拨来拨去,都是枯燥的新闻和刺耳的样板戏。

"关上,"我说。

路灯。商店。电影院。路灯。饭馆。垃圾堆。小土房。路灯……我闭上眼睛,这是一座多么破旧的城市,夜色也遮掩不住它的寒伧。难道居住在这土房里的人,在垃圾里翻来翻去的人,就是人民吗?这个形象一旦从宣传画上走下来,显得多么苍白可怕。十五万元、沙发、地毯、电视机……

回到家,我吩咐陈姨把晚饭送到书房去,然后在洗澡间擦擦身子,换上睡衣,走进书房。在台灯柔和的蓝光下,小讯正靠在沙发上看书。

〔杨讯〕

朦胧的光线中,林伯伯站在门口,扶着铜把手,似乎已站了很久。

我站起来。"不舒服了,林伯伯?"

"哦,没什么,有点儿累了。"他用手擦擦额头。"媛媛呢?"

"还没回来。"

他走到窗前,拉上窗帘,"妈妈有信吗?"

"昨天来了封信,想让我转回北京去,她正托人给我办困退手续。"

他在窗前沉思了一会儿。"回去吧,妈妈需要你,这边手续由我来办。"

"我不想回去。"

"为什么?"

我没吭声。

"因为女朋友?"

我苦笑了一下,把书放开,点上支烟。

"没关系,可以一块办嘛,她家也在北京?"林伯伯走过来,在旁边的沙发坐下。

"她没有家。"

"孤儿?"

"我并不太清楚,而且……"

"是她不肯讲?"

"不,这种事……"

"小讯,你应该多为妈妈着想,她年岁大了,总希望儿子能在身边。"他探过身来,声调有点儿反常。我忽然觉得,他过去也是个向妈妈要糖吃的孩子,也会为姑娘的负心而偷偷哭泣。

陈姨把饭菜端来，放在茶几上，转身出去。

"再吃点儿吧，"他说。

"不，吃得很饱。我该回厂了，您早点休息吧。"我站起来说。

"这件事再考虑考虑。"

"好吧。"我朝门口走去。

"小讯——"

我转过身。

"没事儿，把门带上。"他摆摆手。

我顺着灯光柔和的走廊，来到门口，刚走下台阶，发觉有人躲进松树的阴影里。"谁？"我问。

媛媛走出来，脸扭向一边，气冲冲朝台阶走去，我拦住她的去路。

"去，躲开！"

"呵，好大的脾气。说说吧，怎么回事？"

"我没工夫。"

"什么时候有工夫？"

"去问她吧。"

"她？"

"得了，别装傻充愣了。"

我恍然大悟。"媛媛,你听我说……"

"我没工夫,"她绕过我,蹿上台阶。"你以后少到我们家来!"

门砰地关上。

回厂的路上,我走进一家酒馆。里面烟雾腾腾,弥漫着烟酒混杂的气味。一个中年乞丐在杯盘狼藉的桌子之间转来转去,把残汤剩饭倒进油污的塑料袋里。几个小伙子正在划拳喝酒,喊声震耳欲聋:"哥俩好哇……六六六哇……酒常有哇……全来到哇……"

我要了半斤白干,正想找个清静的角落,忽然一只手搭在我肩上。"老弟,要不嫌弃,就这儿吧。"白华擦擦嘴巴说。

我在他对面坐下。

"有日子没见,来,先干一杯。"他说。

我盯着他。

"咋这副愁眉苦脸相,有啥事儿不顺心?"

我盯着他。他放下杯子,用指头在杯子上当当弹着,额头显出一道深深的皱纹。我举起杯,一气把酒喝干。

"好样儿的,再来点儿。"他拿起酒瓶,说。

我用手挡开酒瓶,绕过桌子,走到他跟前,他慢慢站起来。

"她呢?"我压低声音问。

他没吭声。

"她呢?"我又问。

"妈的,老子正想问你。"

"白华,"我一把抓住他衣领。"你少跟我来这套……"

他一把搡开我,恶狠狠地眯起眼睛。"要是活腻了,你他妈的吭一声!"

"我问你,那天晚上是怎么回事儿?"

"哪天晚上?"

"入冬的头一场雪。"

"嘿,真邪了门儿,老子正没处问去呢——我从一个兔崽子手里搭救了她,说了没两句话,她念叨不舒服,让我扶一把,转眼工夫又撒腿跑了……"

我扶住桌角站稳。大大小小的杯子。白华。闪闪发亮的镀镍管。白华。在划拳中伸屈的手指。白华。墙上撕掉一半的宣传画。白华……我跌跌撞撞走出去。

我坐在渠埂上,凝视水波中晃动的灯窗,竭力想理清自己纷乱的思绪。咚,一块石子滚进渠里,灯窗摇成昏黄的一片。我攥起一把半湿泥块,慢慢捏碎,在指缝中筛落,然后起身朝土房走去。

我在门上敲了敲,发现门是虚掩着的,便推开门。她从桌子后面无声站起来,脸色苍白,几乎没有任何表情,只是两手摆弄着一个钢笔帽。

"你来了,"隔了半晌,她终于说。

"我来了。"

"坐吧。"

我依然站着。

"看来咱们都不太懂礼貌。"她试图笑笑,结果嘴角抽动了一下。她猛地把头扭过去,转向窗口。雪白的脖颈上,一条蓝色的脉管突突跳着。

"萧凌,"我向前跨了两步,扳过她的肩膀,"你为什么要这样呢?"

她垂下眼帘,一颗泪珠挂在睫毛上,颤了颤,顺着脸颊缓缓滚下。

"告诉我,为什么?"我问。

她睁开眼睛,摇摇头,惨然一笑。我伸出手指,把那颗停在她嘴边的泪珠抹掉。

"瞧,月亮升起来了。"她悄悄地说,似乎在告诉我一个隐藏已久的秘密。

我抬头望去。"月亮是红色的。"

"真的。"

"为什么呢？"

"你呀，还是老毛病。"

"萧凌，你知道我这几个月是怎么度过的？"

她用手掌捂住我的嘴，"别诉苦，好吗？"

我点点头。

她突然搂住我的脖子，信赖地把嘴唇贴过来，还没等我反应过来，她已经推开我，躲到桌子另一边，扮了个鬼脸。"你就站在那儿吧，我想这样看看你。"

我想绕过去。

"不许动！"她警告说。

"这是什么，"我随手拿起摊在桌上的笔记本，"可以翻翻吗？"

"不行，"她一把抢过去，抱在胸前。"现在不行。"她补充了一句。

"以后呢？"

"一定让你看。"

"里面记了些什么，警句格言？"

"不,只是我的一些想法,还有往事。"

〔萧凌〕

正午时分,我和李铁军沿着蒸气腾腾的河边走着,两名"造总近卫团"的战士倒背着自动步枪跟在身后,炽热的阳光下,几个小伙子正没精打采地在岸边挖掩体。

"说不定明天龟孙子们要发动进攻了,"他用柳条在空中抽着,"让你们北京人开开眼。"

"又不是来看戏。给挺机枪吧,我留在前沿阵地。"我说。

"你?"他讥笑地撇撇嘴。

"别小瞧人,咱们战场上见。"我停顿了一下,突然问:"你这人是不是心狠手毒?"

"杀人不眨眼。信不?"

我摇摇头。

"咱们打个赌吧。"

我们来到公路桥口。沙袋构筑的工事中,烧蓝的重机枪枪口直指前方。在铁丝网构筑的路障旁,几个"造总"的战士正在检查来往行人。

我们倚在桥头石栏杆上,天南海北地闲扯。忽然,李铁军的目光转向人群,指着一个小伙子,手指勾了勾,叫他过来。

"去哪儿?"

"进城看看姨妈,她病了。"

"什么东西都不带,嗯?再仔细搜搜。"

搜查结果:一张姑娘的照片和一枚像章。

"她是谁?"李铁军拿起照片,问。

"我的女朋友。"

李铁军捏起那枚像章,仔细地看看背后,冷笑一声。"就带着'红炮团'的像章去看姨妈?说老实话吧。"

"我确实去看姨妈,"小伙子执拗地说。

"跪下!"李铁军在他身后踹了一脚,他咚地跪在地上,"给你最后的机会。"

"我说的是实话。"

"准备告别吧。"李铁军把姑娘的照片扔到他跟前,拔出手枪。

小伙子拿起照片贴在胸口,然后扭过头,脸色煞白,哀求的目光从枪口滑到我身上。

"铁军,慢点儿……"我刚想扑过去拦住他,枪响了。

在这炽热的中午，在宁静的河面上，枪那么响，声音久久回荡着。随着每声枪响，小伙子的头都在坚硬的水泥路面磕一下。血喷出来，染红了姑娘的照片，淌进河里……

李铁军踢踢尸体，收起手枪，得意地望着我。"这回你赌输了，请客吧。"

"你，你这个刽子手，混蛋！"我声嘶力竭叫喊着，扭头跑去，泪水模糊了整个视野。

"喂，起来！"

我揉揉眼睛：一个戴"值勤"袖标的小老头站在我跟前。

"起来，跟我走一趟。"他说。

我叠好铺在地上的雨衣，越过东倒西歪的人们，跟他走进车站值班室。

"坐下。"他指指办公桌旁的一张凳子。

我仍旧站着。

"北京人？"他问。

"就算是吧。"

"那为什么天天晚上到这儿睡觉来？"

"这是头一次。"

"当我是个没长眼的老傻瓜,嗯?"他咳起来,用块大手帕掩住嘴,咳了一阵,他突然问:"家呢?"

"我没有家。"

他点点头。"也没有亲戚朋友?"

"我去找谁?学校正通缉我。"我暴躁地说。"你要怎么样?去告发吧……"

老头尖尖的喉结动了动,他伸手从口袋里摸出个小纸包。"来,拿着。"

我犹豫了一下,接过纸包,原来是十块钱。一块又咸又涩的东西堵住喉咙。"大伯……"

"拿着,孩子,别逞强,添件衣服什么的,天凉了,不然也让我喝进肚里啦。"

"大伯,"我说。

"去吧,去吧。"

"沈伯伯,我再也不信那些谎话了。"我合上书,放在膝盖上。"可是,这段历史……"

"青年人嘛,总要往前走。记住,任何结论都不是最后的结论。"他绕过地板上堆放的书籍,关上小屋唯一的一扇小窗,又绕回来,靠在一张吱吱作响的破藤椅上。"凌凌,和你父母认识的时候,我正在哈佛学东方史,这看来有点儿可笑,其实不然。"他指指我膝盖上的书。"老黑格尔有这么句话:'种种的存在把自己联结在它们自己所创造的历史之中,并且历史作为一种具体的普遍性而判断它们和超越它们……'这就是说,人们很难通过自身去认识历史,而处在历史潮流顶峰的人就更缺乏这种认识了,这也就是某些大人物的可悲之处。"

"也是我们民族的可悲之处,"我说。

"不对,"沈伯伯做了个坚决的手势。"一个人的生命是有限的,而一个民族的生命是无限的;我们中华民族的潜力远远没有焕发出来。也许它是老了点儿,觉醒过程因而会缓慢些。但这一过程正在进行,通过一代人和一代人的链条在进行。如果一个国家吹着音调不定的号角,这既是某种权力衰败的象征,也是整个民族奋起的前奏……"

铃声响了,月台上告别的喧嚣达到了高潮,叫喊和抽泣声连成一片。一架手风琴疯狂地拉着,几个小伙子挽着手臂声嘶力竭唱个不停,我坐在窗口,冷眼望着这一切。

"萧凌，"来送行的小云轻轻拉住我的手，"今年冬天回来吧，住在我们家，我妈妈可喜欢你了。"

"不，我不回来了。"

"那什么时候回来？"

"我永远不回来了。"

"为什么？萧凌……"

整个车站晃动了一下，缓缓向后退去。小云的声音被淹没，她伸出手，向前跑了几步，被一股人流挤开。

别了，北京！忘掉我吧，北京！

七

〔杨讯〕

薄雾托着紫盈盈的阳光沉到谷底的洼地,露出了灰蓝色的杉树林。溪流在看不见的地方喧响,夹杂着鸟儿悦耳的啁哨。铺石山路旁,野花星星点点。峭崖上一棵老树的枯枝上长出嫩绿的茸毛。

萧凌边走边采着各种野花。"记得上小学的时候我写过一篇作文,长大了做个植物学家,只跟花呀草呀打交道……"

"幸亏你的愿望没实现,"我说。

"怎么?"她抬头问。

"那我该怎么办?"

她微微一笑。"我就把你当作一棵狗尾草,夹在一本书里。"

"要是夹在书里,我只能看到其中一页。"

"不,我每看一页,给你换个地方。"她笑了起来,连肃穆的山谷也低声应和着。

一道清澈的山泉切断了石路,落进深深的山谷,谷底的水潭扬起白濛濛的水雾。她站在崖边朝下看着,似乎在倾听那溅落的轰鸣,几只灰色的鸟儿在水雾上凄厉地叫着。

"这下面就是死吗?"她抬起头,神情变得严肃而忧郁。

我没回答。

"它离咱们很近。"她的眼睛褪色了,阳光在其中轻轻颤动。

"你怎么啦?"我问。

她默默依在我肩上,又朝下望了望。"我怕……"

"怕什么?"

"怕分开,"她含糊地说。

"不会的,什么也不会使咱们分开。"

"死也不会吗?"

"不会。"

她信任地望着我。

我抚摸着她的肩头。"咱们别站在这儿了,好吗?"

她点点头,转身在泉边蹲下来,望着自己的倒影,叹了口气。她捧水洗了洗脸,扭过头来。"怎么过去?"她问。

我抱起了她,纵身跳过去。

"我不该这样,刚才你一定扫兴了。"她躺在我的怀里说。

"没有。"

"真的?那你看看我,别把眼睛躲开……好了,放开我吧。"

一级级风化的石阶通到汉白玉雕成的牌楼下,影壁上"法轮飞转"四个大字已金漆剥落。驮着石碑的乌龟沉陷在泥土中,只露出半个脑袋。坑洼的石道上铺满了去冬的枯叶和羊粪。右配殿坍了一大半,从十八罗汉的残肢断臂中长出高高的蒿草,微风吹过,簌簌作响。我们走进正殿,里面有一股淡淡的霉烂味儿。昏暗中,一线阳光落在正面佛像那纤长的手上。

"你好呵,观音菩萨——"萧凌孩子气地喊了一声,阴森森的大殿瓮声瓮气响起来。

"这是释迦牟尼,"我说。

"印度人?"

"对。"

"释迦牟尼先生,欢迎你到我们国家来玩。不过有护照吗?"

"他有经书,"我说。

"我们这儿经书够多的了。要是犯了禁,说不定会送你去劳改呢。"萧凌忽然转过身来,问:"你对宗教感兴趣吗?"

"不得不感兴趣,我们这些年就是生活在一种宗教气氛中。"我说。"你呢?"

"我嘛,现在才感兴趣。"她说着闭上眼睛。"但愿在冥冥之中有个上帝来保佑我们……"

"为什么不是菩萨或老天爷?"

"什么都行,只要是个神。"

"你真信这些?"

"不,我也说不清。"她眨眨眼,调皮地一笑。"我的宗教感是实用主义的……哎,你看,那有个洞。"

果然,在墙角有个一人高的洞口,萧凌探探头。"黑极了,带打火机了吗?"

我举起打火机走在前面,洞很深,走进十几步远,出现了一排窄窄的台阶。萧凌抓住我的袖口。我转过头,在她睁大的眼睛里,闪着两粒飘忽不定的小火星。石阶在火光中慢慢上升，豁亮起来，我们来到一间不大的顶楼中，分放着八个青面獠牙的鬼怪。

"哎哟，这是个什么鬼地方。"萧凌挨个打量着每个鬼怪。"还好，并不太可怕，倒是有点儿可怜，它们准是受了好多苦才变成这样的。"

我走到窗前。"你来看，这里是制高点。"

居高临下。残垣断壁在荒草中肃立，仿佛在缅怀过去的繁荣。闪光的溪水从院墙外流过，冲刷着一棵老柏树裸露的树根。蓝色的远山遥遥在望。

她侧身望着我，目光中含着一种惊讶的成分，阳光抚摸着她的肩膀和手臂，仿佛要透过她全身照过来。她戴的那块红纱巾被风掀动着，一会遮住太阳，一会又飘开，我眼前飞腾着五颜六色的小圆圈。

"咱们永远这样，该多好啊。"她说，把双手搭在我肩上。

我把她拉过来，紧紧搂住她。她的头向后仰去，嘴微微张开，急促地喘着气，大颗大颗的泪珠滚落下来。

"萧凌，"我轻轻呼唤着。

她索性伏在我肩上哭起来。过了好一阵，她推开我，擦去泪水，不好意思地摇摇头，笑了。

"心里不好受?"我问。

"你真傻,什么也不知道。"她喃喃说,手指插进我头发中,弄乱了,又慢慢梳平。

扑簌簌,两只燕子从顶棚的破洞飞了出去。

"准是咱们打扰它们了,"萧凌说。

"不,是它们打扰咱们了。"

"可这是它们的家呀。"

"也是咱们的家。"

"别胡扯。"她瞪了我一眼,用手捂住我的嘴。我攥住她的手,吻了吻,她抽回手,理理头发。"我饿了。"

我打开书包,取出块塑料布,在地板上铺开,然后把酒、熟菜和水果摆好。我又拎出一个小铝罐,在手里摇了摇。"我去打点儿水,顺便再拾点儿柴火上来。"

"我也去。"半路上,她用胳膊肘碰碰我。"你看,不知怎么回事,一离开你就害怕,我的胆子这么小吗?"

"你是个勇敢的姑娘。"

"这些天,我总觉得在变,变得自己都有点儿不认识了……"

"变得更像你自己。"

"难道有两个我吗?"

"也许还不止呢。"

"越说越可怕。那你到底爱哪个我?"

"都爱。"

"你耍滑头,"她狡猾地撇撇嘴。"其实你只爱你心目中的我,而这个我又是不存在,对吗?"

"不,这个你是各种各样的你的集合。"

她笑了。"简直变成数学演算了,搞这么个三头六臂的我,你吃得消吗?"

"试试看吧。"

"我在想,咱们怎么会这样的?走在这条小路上,好像什么事儿也没发生,好像咱们一直规规矩矩生活,出生、上学、工作、恋爱……偶尔到郊外散散心。你明白我的意思吗?"

"明白。"

"如果让你重新选择生活,你选择哪一种?"

"还是前一种。"

"因为你没有付出足够的代价。"

"不对,否则我不可能认识你。"

"哦,这个理由很充分。"她满意地点点头。

我们来到泉边。

"我想洗洗头。"她探身用手指试试水温。

我担心地望着阴沉的天空。"小心着凉,看样子快下雨了。"

她哼起一支轻快的曲子,摘掉发卡,头发悄然泻进水里。"杨讯,咱们那些宝贝不会让耗子吃了吧?"她说。

"要是有耗子的话,恐怕也该成精了。"

"别吓唬我,我可不怕。来,帮我拧拧干。"我挽起袖子,拧了两下,她推开我的手。"你当这是搓麻绳呢,还是我自己来吧。"

树枝劈啪响,火光在她的脸上摇晃。由于光影的变幻,她的样子显得有点儿古怪。

"这地板不会着吧?"我担心地问。

"你怎么了,热度是由下往上啊。"她说。

热度。我怎么没想到呢,也许这个热度是此时此刻才感到的,它慢慢地上升,上升。而在这之前,我们总感到很冷呢。这是一种从内心散发的寒冷,一种由于需要热量、吸收热量而排出的寒冷;终于,它们在草叶上凝成露珠,在山谷里扬起水雾……

萧凌跪在塑料布上,打开葡萄酒,把两个杯子斟满,递给我一杯。"来，干杯吧。"

"咱们先想几句祝酒词，"我说。

"为了你，也为了号称勇敢的姑娘，祝你和她幸福……"

"为了幸存者像燕子一样，被打扰后还能一块回窝……"

我们一饮而尽。

远处响起了雷声。她站起来，走到窗口，风吹拂着她的头发。"要下雨了，"她喃喃说。

"咱们回不去了，"我说。

她回头用异样的目光瞥了我一眼。

夜晚，充满了威胁的夜晚，带着雷鸣、闪电和沙沙的低语向我们压过来。闪电划过的瞬间，她清晰的侧影叠在破碎的天空上。

"窗口风大，到这儿来。"我说。

她依然靠在窗口，向远方眺望。

"萧凌，"我唤道。

她转过身，大梦初醒地看了看我，悄悄走过来，坐在我身边。火光渐渐暗下去，最后的余光映在她宁静的脸上，勾出一条柔和的曲线。我把她拉过来，她默默依从了，她的嘴唇冰凉，衣裳也有点儿单薄。

"冷吗？"

她摇摇头，呆痴地望着我。我俯下身去，在她的额头吻了吻，她那雪白的脖颈向下延伸，在衣领下微微隆起。一排白色的纽扣在暗中发亮。我用手指摸了摸头一颗，轻轻拨开。

"别这样……"她握住我的手，惊慌地说。

我去摸第二颗。

啪，她狠狠打开我的手，紧紧攥住衣领，"滚开！听见没有？滚！"闪电照亮了她那颤抖的下颌。

我站起来，悻悻走到窗口。雨滴敲打着窗棂，风渐渐小了，看不见的溪流咆哮着……

我的眼睛突然被蒙住了。我掰开她的小手，转过身来，她扑进我的怀里。

〔萧凌〕

我走进车间，砂轮的马达轰轰响，"二踢脚"正在专心打一把刀子，不时地用手试试刀锋。这阵子，他变得迟钝极了，是不是让白华打坏了？

"喂，今儿什么活儿？"我问。

他没听见，继续磨着。我伸手啪地关上开关，他吓了一跳，迅速把刀子藏在身后。"是你……"

"谁管你这闲事儿，我问你有什么活儿。"

"活儿倒是有，不过，不过政工组让你去一趟。"他吞吞吐吐说。

"什么事儿？"

"我、我也不知道。"

我在政工组的门上敲了两下。

"进来。"一位胖老太太坐在一张特制的大办公桌后面，从花镜上面足足打量了我一分钟。桌上支着块小木牌："谢绝递烟。"在她身边坐的姑娘正抄东西，那姑娘放下笔，好奇地看了我一眼。

"你叫萧凌？"老太太终于说。

"对，有什么事？"

"坐吧，萧凌，这位是……"她刚想介绍一下旁边的姑娘，又停住了。她从椅背上拉出一条大围巾披在肩上。"你们不冷吗？这屋子简直像冰窖。嗯，你叫什么名字？"

"您已经叫过我两次了，"我说。

"是吗？"她扶扶花镜，在一张卡片上看了看。"噢，萧凌，你是临时工？"

"临时工。"

"合同期是三年，对吧？"

"对。"

"是这么回事，我们想了解一下你的情况……"

"档案里都写着。"

"不，有几个额外的问题。"

"提吧。"

"你在北京还有什么亲戚？"

"没有。"

"国外呢？"

"没有。"

"那你父亲死后，你靠谁来抚养？"

"靠我自己。"

胖老太太和那姑娘交换了眼色，然后她在一张纸上划了个记号。"另外，你六八年在学校隔离审查的时候，有没有结论？"

"我不知道。"

"还有，你在农村这几年，嗯，交没交过男朋友？"

我站起来。"对不起,这你无权过问。"

"萧凌同志,"老太太用铅笔在桌上敲了敲,提高了声调。"你应该端正态度……"

"我没什么可说的。"

我推门出去,后面传来老太太断断续续的声音:"啧,啧,看她多厉害,要打人了……上回把她师傅打得半死……干我们这行,得担多大风险……你不冷吗……"

八

〔白华〕

我眯起眼,舒舒坦坦地靠在小铺的门板上养神。两只芦花鸡在脚边转悠来转悠去,咯咯找食吃。前边集上闹哄哄的:卖卤肉的老头用勺当当敲着锅沿;爆米花的风箱拉得呼呼响;卖豆腐皮的小哑嗓吆喝个没完;再凑上老母猪挨刀的尖叫,真够得上一台戏……咪咪、咪咪,哪儿来的猫?我四下扫了一眼,顺着门缝瞅去,原来柜台上蹲着只肥胖肥胖的老猫。

"喂!"有人说。我回过头,一个手指上转着串钥匙的妞儿上下打量我。

我指指门缝。"贼!"

"哼,我看你倒像个贼。靠边,到别处买不行,还非得一棵树上吊死?"她一边拆窗板,一边说。"来,帮帮忙。"

"咳,有什么法子,那年赶走了印度反动派,"我一瘸一拐走过去,帮她搭了把手。"弄得连老婆都说不上。"

"瘸啦？"她半信半疑瞅着我。

"哎，主要是这儿，"我指指头上的一块刀疤，"挨了一刺刀，不好使唤喽。"

"我看你还挺机灵，"她打开门。"你现在干啥工作？"

"看大门。"

"能行吗？"

"对付着吧，好歹贼都有点儿怵我，绕着走。"

"你的模样是不善。"她走进柜台，在一个破碗里拌着棒子面。老猫叫得更欢了，围着她转悠。"急个啥，黄黄……你每月挣多少钱？"

"没个准数，反正加一块够花的。"

"我们邻居家有个姑娘，长得不错，属小龙的，就是有一样差点儿事，是个哑巴，你看能行吗？"

我抬头打量着天窗。"跟我说话？"

"啧，你是有点缺心眼儿，不过现在姑娘家时兴找这路人……"

我拽了拽一截从天窗上垂下的绳子，飘下来一阵尘土。

"你对我们这儿天窗感兴趣？"她问。

"上吊挺合适。"

"呸，少这儿添丧！"她腾地站起身，把辫子一甩，

波　动　167

气呼呼地说。"买啥，快说吧！"

我咧嘴笑笑，掏出张十元的钞票，用指头弹了弹玻璃柜。"来盒工字的，找得开吗？"

"你还自以为是财神爷呢。告你说吧，再大的票子也找得开。"

我一瘸一拐出了小铺，拐进左边小胡同。蛮子正靠在土墙上抽烟，不停朝地上啐唾沫。

"有货吗？"他急忙问。

"挺满。"

"集一散就端？"

"急什么？里头有个姐儿，别让她坐蜡……"

蛮子嘿嘿笑了。"华哥看上了？"

我啪地打掉他嘴上的烟卷。"别找不自在，滚吧，去找条结实绳子，再拣上个刮风下雨的好日子，心急喝不了热米汤。"

我出了胡同口，迎面碰上媛媛。她拎着草篮子，眼睛盯鞋尖，一副没精打采的样儿。

"站住，"我说。

她抬起头，吃了一惊。"你？"

"你叫媛媛?"

"干嘛?"

"怪水灵的名字。"

"少废话,我不怕你!"

"扯哪儿去了。"我双手抱在胸前。"我冲了你的生日,恨我不?"

"恨你!"

"是阶级仇恨?"

"反正你不是好人。"

"这鸡多少钱一斤?"旁边有人问价钱。

"一块七。"

"好人?"我笑了起来。"你指指看,这世上哪个是好人?就拿你爹他们来说吧,人模狗样的……"

"不许你说我爸爸!"

"老婶子,这鸡怕有瘟病吧?"

"你们城里人咋这嘎法儿,昨儿还下了个蛋呢。"

"如今分大盗小盗,大贼小贼,不过使的法子不一样。大盗大贼啥都要,连人的心都偷。我们不过他妈的卖了自己的心,换点儿他们的剩捞……"

"胡说!别给你脸上贴金了。"

"好吧,我问你,挨过饿吗?"

她一愣,摇摇头。

"要过饭吗?睡过马路吗?被人家打过半死吗?嗯?"我低声吼着,向前逼了一步。

她的小辫子摇来甩去,像个拨浪鼓。

"怎么不吃食?"

"大清早给小米儿撑啦。"

"出来晒晒太阳吧,瞧温暖的小窝给你捂得白白胖胖的。"

"干嘛训人?"媛媛委屈地鼓起腮帮子,眼里闪着泪花。

"好啦,"我掸掸袖口上的尘土,"这是我三八年当政委时的老毛病。"

媛媛噗嗤一声又笑了。"你这人真神。"

"少要俩钱吧,老婶子。"

"你叫姑奶奶,也这个价儿。"

"嘿。瞧谁来了?"我说。

媛媛顺我指的方向瞅去,皱皱眉,扭头就走。

"慢——"我喊了一句。

媛媛挤进人群中。

〔杨讯〕

白华挤了过来,他捏捏头上那顶揉皱的黄帽子。"伙计们,你们是来买锅碗瓢盆,还是买铺的盖的?"

"买星星,"萧凌说。

"又是星星,"白华冷笑了一声。"丧门星要不?"

萧凌笑了。"见到你很高兴。"

"我不高兴。"白华说。

"为什么?"我问。

"别他妈装蒜了,姓杨的。"白华把帽檐推向一边,阳光落在他阴沉的脸上。"话是怎么说,俩山碰不到一块,俩人可有碰上的时候……"

"我不明白。"

"换个地方让你开开窍。"

"走吧。"

"不能去。"萧凌一把攥住我的胳膊。"白华……"

"说下去呀,天地良心,我倒想听听你怎么个说情法儿。"

我推开萧凌。"白华,别那么狂,你说怎么办,我奉陪到底!"

"呵，好样的，我还当你们这号人都他妈的尿包软骨头呢。好吧，咱们先来文的，就这儿说道说道。萧凌，你去边上待会儿，他丢不了。"

"去吧，"我说。

萧凌看看我，又看看他，转身朝路边的旧货摊走去。

白华从口袋里摸出一盒工字牌雪茄，拆了封，弹出两颗。我伸手按下第一颗，抽出第二颗，掏出打火机点燃。

"嘿，还在点儿行，在北京也趟过这条路？"他说。

"就算是吧。"

"可咱们打娘胎里就不是一路人。"

"你一定吃过不少苦……"

"哼，你倒他妈的可怜起我来了。"

"咱们谁也不值得可怜。"

"少啰嗦，你总该明白：我干掉你很容易。"

"你也该明白：我从来不怕什么，就是关在死牢里，也没说过一句好听的。"

"你也坐过牢？嘿，真是新鲜事儿，是抢东西还是玩女人？"

"反对交公粮。"

他吹了声口哨。"政治犯。"

我们默默抽着烟。从他的目光里可以看出,我在他心中的地位提高了,也许他并不愿意对自己承认这一点。

"你喜欢萧凌?"我突然问。

"这话没你问的份儿,"他咬了咬嘴唇说。"老实说,你有一手。"

"你不了解她,她不是你想象的那种人。"

"你又不是我肚里的蛔虫……好吧,咱穷叫化子识相点儿,嗯?!"他把牙齿咬得咯嘣响,腮帮上的肌肉绷得紧紧的。"我恨透了你们这些有钱有势的家伙,啥都让你们占着……"

"我一无钱,二无势。"

"你以为她和你是一路人?哼,这我早看透了,你不过图个新鲜,根本不会一辈子死跟着她,玩腻了就再换一个……"

"我很奇怪这话出自你的嘴。"

"你不懂得爱,不懂……"

"也许吧,如果我们每个人多懂得一点儿爱,世界就不会这样。"

"我看你是镶金边的夜壶,尽是嘴上的功夫。"白华把烟头扯碎,抛在地上。"这事不能算了,没那么便宜。"

"那是你的事。"

我们朝旧货摊走过去。一排五颜六色的旧衣服挂在竹竿上,在萧凌的头顶上飘荡。她正抬头望着其中的一件白连衣纱裙,用手指摸着;这裙子和周围的气氛,和尘土、喧闹声及盘腿坐在地上的小贩,显得极不协调。

"我的老天爷,这是打哪儿飞来的?"白华说。"我敢赌点啥,准是王母娘娘穿过的。"

"太贵了,他要三十。"萧凌说。

"二十五。"小贩半闭着眼咕噜一声;一只苍蝇正跟他的秃顶纠缠不休。

"老哥,冒冒烟吧。"白华蹲下去,递给小贩一支工字牌雪茄,接着用地方土腔说。"打哪儿来?"

"定乡。"

"听话音咋这熟哩,俺北辛堡的,才三里地。老哥,听说家里又闹水啦,哪碗饭都不好吃……"

"是哩,"小贩毫无表情地吐出口烟。"俺也是没法子,挣点儿奔命钱,看在乡亲面子上,这褂儿卖十五,你扯了卖布头儿都值当。"

"敢情。"白华拍了拍小贩的肩膀,压低声音说。"还在赶毛驴，老哥。"[1]

小贩哆嗦一下，睁开眼斜盯着白华，露出惊讶的神色。"这位大哥在哪个柜上吃粮？"[2]

"豆腐房后边种高粱。"[3]

小贩眨眨狡黠的小眼睛，跟白华低声攀谈起来。萧凌偷偷捏了捏我的手，微微一笑。

"板上钉钉，五块。"白华说。

"要是大哥瞧得起，拣好的拿吧。"

白华掏出五元钱。"嘿，留点儿酒钱。"

小贩接过钱，对着太阳照了照，小心翼翼揣进怀里。白华取下裙子，抖了抖，递给萧凌。

"白华，"萧凌说。

"拿去试试，算咱的一点儿意思，姓杨的，打起精神来，你要是对不住她，可别怪我属牲口的，翻脸不认人。回见吧。"

失去热力的落日，垂在小土房的屋檐下，像盏点亮的

---

[1] 均系当地鸦片贩子的行话。
[2] 同上。
[3] 同上。

灯笼。远处的村庄升起了宁静的炊烟。生产队的高音喇叭播放地方戏。偶尔传来一两声狗叫。萧凌走到渠边。"来,这儿坐一会儿,我不想马上回到屋里去。"

我们在渠边坐下来,肩靠着肩,默默望着云霞浮动的远方。天色渐暗,初夏的田野各种混杂的气息显得更浓重了。

"兔子!"萧凌的肩头动了动。

顺着她指的方向望去,在不远的田埂上,一只野灰兔正嗅来嗅去。"看样子,它很满足。"我说。

"为什么?"

"准是刚偷了萝卜。"

"可我偷了你,却一点也不满足。"她笑了,但笑容很快从她嘴边消失。她若有所思地摇摇头,拔起几片草叶。"真的,有时候我居然会有一种做贼的感觉,仿佛这一切都是偷来的……"

"哪一切?"

"落日、晚风、莫名其妙的微笑,还有幸福。"

我把她拉进怀里,用手托起她的下巴颏,凝视着她的眼睛。"这一切属于你。"

"不,落日和晚风属于大自然,而幸福,"她停顿了一下,垂下眼帘,"只属于想象。"她推开我,趴在渠边,把撕碎的草叶一点点放进水里,看着它们漂走。然后她把辫梢缠在一株野花上,又慢慢地绕开。"杨讯,我有点担心,"她忽然说。

"担心什么?"

"咱们的差异太大了。"

"我看不出有什么差异。"

"那你可能被欢乐蒙住了眼睛。首先,我问你,你爸爸妈妈知道我的存在吗?"

"我在信里提过你。这一点尽管放心,他们虽有点儿胡涂,却是真正的'民主派'。"

"我怀疑你的话,不过,暂且相信它的可靠性。我再问你,你了解我吗?"

"还要我怎么了解呢?"

"比如,你了解我的经历吗?"

"咱们的经历恐怕差不多。"

"这'恐怕'二字就差得不少。你怎么就不知道问问呢?"

"我钉子还没碰够?"

"怪我不好,可那是很久以前的事情了呀。再有,你了解我的心情吗?"

"我看你挺快乐。"

"你错了,直到我死那天,不可能再有什么真正的快乐。看得出来,你是挺快乐的;而我呢,既快乐,又辛酸。这也正是咱们的差异。"

我颓丧地拣起一块石头,在地上画来画去。

她抓住我的手,取掉石头,把掌心贴在自己脸上。"别丧气,好吗?我并不想扫你的兴,是你改变了我的生活。我也愿意相信幸福是属于咱们的。"她跳了起来,掸掸身上的土。"好啦,关于幸福所有权的归属问题,谁还有什么意见?现在举手表决。"她举起手,又拉起我的手。"加上那棵小杨树,一共三票,全体通过。等一等,我去拿点儿酒来庆贺庆贺。"

萧凌走进屋里,拉开灯,窗格子分割着她那颀长的身影。她正脱掉衣服,整个动作好像电影慢镜头。过了一会儿,灯熄了,她站在门口,穿着那件雪白的连衣裙,走了过来。茫茫夜空衬在背后,在整个黑色的海洋中,她是一个光闪闪的浪头,而星星则是那无数飞沫。她把酒瓶和杯子放在一边,走到我跟前,微笑地望我。

"来,抱紧我。"她说。

我依旧呆呆地望着她。

"来呀，"她伸出两只光滑的胳膊。

我站起来，紧紧搂住她，弄得她的关节咯咯作响。

"轻点儿，杨讯。"她喘着气，说。

酒杯中，无数碎银子沉淀成一轮明月。我抬起头。"萧凌，我告诉你件事。"

"说吧。"

"我的困退手续办成了，妈妈来信催我回去。"

她平静地望着我，没有任何表情。她的肩后弥漫着银灰色的冷光，黑暗似乎在这冷光中轻轻颤动。"你怎么不早说？"

"我本来都不想告诉你。我根本不打算回去。"

她转了转手中的杯子。"为了我？"

"也是为了我自己。"

"回去吧，妈妈需要你。"

"不。"

"你不懂做母亲的心理。"

"你懂吗？"

她凄楚地笑笑。"当然。"

"除非把你也办回去，否则我不会走的。"

"这不可能,我没有家。"

"没关系,如今越是不可能的事越能办得到。"

"不,不,我不想回去。"

"那咱们就在这儿一起生活吧。"

"杨讯,"她抓住我的手,热切地说,"我从没有向你要求过什么,不过这回你一定听我的话,回去吧,咱们分开了,心还在一起,不是挺好吗?"

"别劝我,没用。"

"你、你太固执了。"她的肩膀抽动起来。

我慌了。"怎么啦,萧凌?"

"呸,你胡涂得真该挨揍。"她破涕为笑,抹掉眼角的泪水。"我为你的固执高兴呢。"

"我的固执头一次成了优点。"

"也许我太自私了……说点别的吧。"

"谈谈你的经历,怎么样?"

"先干了这杯酒。"

我们碰了杯,一饮而尽。

"嗯——从哪儿说起呢?"她把双手枕在身后,仰望星空。"今晚很美,不是吗?"

"很美。"

她叹了口气。"我不想说了，咱们还有明天。"

远处传来隆隆的马达声，一道雪亮的灯光跳动着，照亮了树丛和柴垛。无数影子在田野上旋转，像千军万马的队伍。灯光忽地朝我们扫来，晃得人睁不开眼。萧凌偎依过来，紧紧抓住我的胳膊。

拖拉机开过去了。

〔萧凌〕

中秋夜，我们女生的那间低矮的小屋里烟雾腾腾，大伙聚在土炕上喝酒闲聊。有人用口琴吹着一曲曲忧伤的歌；有人站在窗前，怪声怪气朗诵着高尔基的《海燕》；一个喝得醉醺醺的女生冲到院里，在月光下跳舞，招来一阵阵老乡和孩子的哄笑。我扫了一眼，缩了缩肩膀，又凑在油灯下抱着书看下去。

忽然，有人碰了碰我，原来是谢黎明。"怎么不跟大伙一块乐乐？"他问。

"这叫乐吗？我看比哭还难受。"

"应该理解别人的心情。"

"我学的是兽医，对人不感兴趣。"

"你干吗老呛人?"

"对不起,你打扰我看书了。"

他悻悻走开。

煤油灯爆出最后一朵灯花,晃了晃,终于熄灭了。屋里一片死寂。忽然,刚才朗诵《海燕》的男生嚎啕大哭。

我从昏迷中醒来。风还在呼号,雪粒打在窗户纸上,沙沙作响。肺里仿佛塞满炽热的木炭。我舔舔干裂的嘴唇,伸手去拿杯子,可一点儿水也没有,原来杯里结成了厚厚的冰块。当啷一声,杯子掉在地上,我又昏了过去。

再次睁开眼睛,一张脸在雾气中浮动,渐渐清晰了:原来是谢黎明,他坐在我床前。

"总算醒了,"他兴奋地擦擦额头,"大夫刚来过,说是急性肺炎,打了针……"

"大夫?"我疑惑地喃喃说。

"电话打不通,我到公社去了一趟。"

三十里山路,风和雪。我浑身一震。"谢谢……"

"哎,提这个干什么?"

"你怎么也没回家?"

他苦笑了一下,转身端来一碗热气腾腾的面片汤。

"我妈早就整死了,老头子还关在牢里,北京亲戚们躲还躲不及呢……我想找你借本书,一看门倒插着,怎么敲也没动静……喝吧,趁热喝,多发发汗就好了……"

一阵轻轻的敲门声。

"谁?"

"是我,我来借本书。"

我迟疑了一下,把门拉开,谢黎明呆愣愣地站在门口。一阵风忽地把煤油灯吹灭了。

"萧凌,太晚了吧?"

"进来吧。"

我关上门,划亮一根火柴去点煤油灯,忽然我的手被紧紧抓住,火柴掉在地上,熄灭了。

"萧凌,"他的嗓音有点颤。

"放开!"

"萧凌,你、你听我说……"他握住我的手,喃喃低语。"我、我喜欢你……"

"也就是说,你需要我?"我猛地抽回手,冷笑着说。

"难道人和人就没有感情吗?"

"言外之意,就是我应该报答你。"

"你太无情了。"

"我喜欢无情,我喜欢别人的冷眼,我喜欢死!为什么要救活我?"

"我们都没有家。"他咕噜了一声,转身踉跄地朝门口走去。

"回来!"我说。

他站住。

"你刚才说什么?"

"我们都没有家。"

长途汽车站。

"……爸爸说,等我大学一毕业,就帮你也转回去。到那时候,咱们就可以正式结婚了。"谢黎明咽着唾沫,吃力地说。

"我希望听你自己说。"

"我,当然,也是这个意思。"他匆匆看了看手表。"至于孩子,我看还是打掉吧,别太固执了。"

"你别管,这是我自己的事。"

他从口袋里摸出一枚硬币。"算一卦吧,看看咱们将来的运气。"

"你的运气就值这么点儿钱。"我抢过硬币,扔进路边的水沟里。他蹬上车门的踏板,徐徐舒了口气。

"等我!"他举起一只手,说。

我默不作声。

汽车吼叫着,卷起一阵尘土,消失在土路的尽头。

九

〔**林东平**〕

"孩子几岁了?"我合上卷宗,用手指揉了揉太阳穴,问。

"两岁。"小张的皮鞋在桌脚旁动了动。

"现在放在哪儿?"

"洪水峪村,她插队的地方,寄养在一位老乡家。"

"招工的时候怎么没发现?"

"生产队长帮的忙。"

"这么说,厂里并不知道这件事?"

"我已经告诉他们了。"

不知为什么,这双式样美观的皮鞋让人并不舒服,大概是擦得太亮的缘故吧,光可鉴人。"厂里打算怎么处理?"我问。

"他们想听听您的意见。"

我用指关节在玻璃板上敲着。"小张,你有朋友了吗?"

"看您问的……"

"这有什么,女大当嫁嘛。"

"嗯——就算有个吧。"

"在哪儿工作?"

"部队上。"

"多大岁数?"

"四十出头。"

我发现,在她左脚的袜子上有个小小的烟洞。"你们感情怎么样?"

"感情好也不顶饭吃呀。"

"好了,你去吧。"

"噢,差点忘了,这是调查小组的报告,有关单据和群众来信的影印件也在里面。"皮鞋咯咯走出视野,门关上了。

我翻开调查报告,一页一页读着。王德发眯起眼冷冷地笑着;王德发伸出一只手低声恐吓;王德发跪在地上苦苦哀求;王德发……我闭上眼睛。我在干些什么?证明我的无罪?证明党性原则的感召力?证明世间惩恶报善的公理的存在?可是不晚了点儿吗?这毕竟不是在

波 动

十六岁的年纪上。再说，这些年普遍的腐败现象，我一个人的力量能改变吗？

一股无名的烦躁。我推开报告，摘下花镜，踱步到窗前。生活，已经不在这间屋子里，不在我身边；我变成了一个生活的旁观者，没有什么激情能够打动我。这太可怕了。也许生活的意义就在于使你不断失去曾经有过的一切：幻想、爱情、自信、勇气……最后是生命。门口的警卫战士正轰开一个衣衫褴褛的老乡，他牵着个赤脚的男孩哀求着什么，甚至要趴在地上磕头。高大的法国梧桐树簌簌作响。我转过身。人总不能什么都看，生活也正是教会人们去看什么，不去看什么。

我回到桌前，拉开抽屉又关上。我点了支烟，透过纷乱的烟缕，目光落在桌面的卷宗上：萧凌，女，二十三岁，革调字0394号。我终于找到了这个烦躁的名字：萧凌。哎，这个黄色的卷宗似乎把我仅有的一切都遮盖起来。她是个什么样的姑娘？在这样的年纪上怎么会有这么多秘密？可怕的是，这些秘密和小讯的命运都夹在这里了。

小张出现在门口。"林主任，厂里来电话，问怎么处理。"

"按原则办事,我不参与意见。"我急促地说,生怕被另一个念头打断。"另外给杨讯打个电话,约他下午在家里等我。"

"好吧。"

"等一等,你见过萧凌吗?"

"见过一面。"

"印象如何?"

"怎么说呢?"她矜持地一笑。"很漂亮。"

哼,这恐怕是姑娘之间最主要的评价了。

我重新翻开调查报告,刚要读下去,门推开了,王德发站在那里。我合上报告,用一张报纸盖住。

"老林,这阵子你可瘦多了。"他不慌不忙在桌对面坐下,拿起玻璃镇书石在手里摆弄。

我点上支烟。朝椅背上一靠。"王主任,有事儿吗?"

"事儿嘛,倒是有一桩。"他叹了口气,说。

"什么事?"

"向您赔个礼儿,认个错儿。"

"这话从哪儿说起?"

他伸出一根熏黄的指头,在覆盖报纸的调查报告上点了点。"凭这玩意儿,我够定个什么罪名?"

我没有回答。

"咱们关起门来说话,用不着绕圈子。这玩意儿我手上凑巧也有一份……"

"不可能。"

"我看了一遍,情况基本属实,不过也有那么一星半点儿的差错,我想有个交代,免得让您费心劳神。"

"有话直说吧。"

他从口袋里掏出个小本子,用指头蘸着唾沫刷刷地翻了几页。"关于我盗用国家文物二十七万六千元,应由你分担三万五千元,因为那张由市政协保管的明代山水画挂在您的客厅里,可却记在我账上……"

"那是借用的。"

"唔,这个词儿还文明点儿,比'盗用'顺耳多了。"王德发清清嗓子,迅速地瞥了我一眼,又刷地翻过一页。"至于我挪用二百五十万救灾款建化肥厂的事,也有点儿出入,其实最大的受益者是您。看看,由您介绍进厂的人共十三名,其中居然有一位在押犯人,他的刑期是十五年,可不到一年就放了……"

"胡说!"

"用不着动肝火嘛，这儿有县公安局长的证明，签字画押的，没个错。"

"那是错判。"话一出口，我才感到这种辩解是多么无力。

"我看这事用不着你我操心，可以提交省里去解决。"王德发又翻了一页。"还有……"

"够了！"

王德发合上小本，慢悠悠地从桌上的铁盒里拿了支烟，在手里捏松。"事到如今，没什么说的。我嘛，撤职、检查、开步走，还不是那套。您呢，倒也简单，山水画一退，再把放出笼的豹子关回去……"

"什么意思？"

"犯人哪。小窝头一啃，再呆上十四年，倒也图个清闲。"

我的头嗡嗡直响。

王德发吐了口浓烟，探过身子来，"咱们有话在先，这是关起门来说话，哪说哪了。拿我这小民百姓的开刀，不是杀鸡给猴看？抬眼往上瞧瞧吧，谁也不是干净人。林主任，你也替我想想，你我都挂个主任的头衔，你每月拿二百多，我一百还朝里拐，老婆孩子一大堆，家里老人也眼巴巴瞅着。人心都是肉长的。乍从部队下来，我也转不过这个弯儿……俗话说，只见鱼喝水，不见鳃里漏，按商业名词叫作'正常损耗'，我有个战友老爱用这词儿。前不久，我把他介绍给你们那位小张了……"

〔杨讯〕

我踏上台阶，迎面碰上出来晾衣服的陈姨。"林伯伯在吗？"

"快去吧，老头子正在书房等你。"

"媛媛呢？"

"这阵子跟丢了魂儿似的，一天到晚不着家。"

我推开书房的门，林伯伯两手交叠在胸前，靠在沙发上闭目养神。

"坐吧，"他说，依然保持原状。

我在他对面的一张藤椅上坐下来。

"外面热吗？"

"有点闷。"

"把风扇打开。"

我打开墙角的落地式风扇，又回到原处坐下。寂静。

似乎由于风扇均匀的声响,我们都找到了沉默的借口。

"你喜欢客厅的那幅画吗?"他突然问。

"我不懂画。"

"那是抗美援朝期间,一个本地资本家捐献的,估价三万五千元。"

"怎么到您手里的?"

"小讯,讲讲你的监狱生活吧。"

"没什么可讲的,很单调。"

"像你这样的很多吗?"

"有一批从北京转来的政治犯,大部分是干部和知识分子,有些年轻人。"

"罪名?"

"五花八门,有的仅仅因为一句话。"

"判几年?"

"死刑。"

他没有吭声。

"好了,不谈这些。"他坐了起来,目光转向窗外。"小讯,你爱上了一位姑娘?"

"这您早知道了。"

"她叫什么名字?"

"萧凌。"

"人怎么样？"

"不错。"

"这个不错包括什么？家庭、思想、表现……"

"你问的是人怎么样，并没问是否符合党员标准。"

"人的概念不是抽象的。"

"您找我来，就为这件事？"

"随便聊聊嘛。"他站起来，走到书柜之间的小桌前，握着玻璃瓶颈，倒了一杯凉开水。"年轻人，容易一时冲动……"

"我们认识一年了。"

"可你们今后还要生活几十年。"他放下杯子，背手踱了几步。"小讯，你到底了解她吗？"

"当然。"

"了解什么？"

"内在价值。"

他作了个嘲弄的手势。"我头一回听说。"

"只有那些家庭条件之类的陈词滥调才会被人们重复千百次。"

"我反对一定要门当户对。"

"只是口头上？"

"看来在今天这个世界上，一个人要想说服另一个人几乎是不可能的。"

"也许。"

他站在窗前，伸出手指摸摸窗台上的尘土，叹了口气。"那好吧，你去看看桌上的材料。"

我坐在写字台前，打开那份早已摆好的材料。风扇嗡嗡响着。我感到浑身发冷，似乎屋里的空气正慢慢冻结起来。

"就这些？"我合上材料，问。

"你还要什么？"

我陡地站起来，转身盯着他。"不是我要什么，而是您！"

"冷静点儿，小讯。"

"请问，您有什么权利这样做？"

他继续踱着步子。

"您的好奇心实在令人可笑……"

他站住了。"这不是好奇心。"

"是什么？"

"责任。"

"责任？"我冷笑了一声。"是帝王对于百姓的责任呢，还是父亲对于儿子的责任？"

他的右手神经质地朝后摸了一阵，终于抓住一把藤椅的扶手，坐了下来。他的目光呆滞，似乎一下子衰老了。"小讯。"他唤道，声音微弱。

"您怎么啦？"我把那杯水递给他。他一手握着杯子，一手紧紧地抓住我的袖口。

"我老了，也许不该带着秘密进坟墓吧？"他仿佛在自言自语。

"什么秘密？"

"她不会答应的，不会……"

"谁？"

他浑身抖得很厉害，以至杯里的水都洒了出来。他放下杯子，轻轻地拍了拍我的手。"孩子……"

"嗯。"

"岁月不饶人，太晚了……"

"您是说……"

"没什么。"他掏出手绢，擦着手和额角，渐渐恢复了常态，"去吧，我有点累了。这件事你再想想。我已经给你订好了明天下午的车票，走不走由你决定。"

〔萧凌〕

杨讯站在门口,脸色阴沉,目光斜向一边。我放下小毛衣走过去,想掸掉他肩上的灰尘,他触电似的躲开,慢慢走到桌前,拿起晶晶的照片,又放下。"我是来告辞的,"他说。

"去哪儿?"

"北京。"

"要去多久?"

"一辈子。"

一阵窒息。过了一会,我才徐徐地吐了口气。"什么时候的车?"

"明天下午。"

"好吧,我去送你。"

他走到床边,拿起那件小毛衣看了看,扔到一边,在床上颓然坐下来,双手抱着头。我走到他跟前,用手抚摸他的头发。这次他没有拒绝,只是随着每一下触摸,都引起一阵轻微颤栗。

"我要走了,"他说。

"你还会回来的。"

"不，男人是不走回头路的。"

"地球是圆的，只要你坚定走下去，还会从另一个方向回来。"

"别扯这些！"他粗暴地推开我的手，抓起床上的小毛衣。"这是给谁织的？"

"孩子。"

"我没工夫开玩笑。"

"开始了。"

"什么？"

"一场悲剧。"

"我问你，谁的孩子？"

"杨讯，我求你，别用这种口气和我说话，我受不了。"

"你以为我轻松？"

"活着都不会轻松，我希望等你平静下来再谈。"

"我没时间了。"

"你曾有那么多时间……"

"那是过去。"

"明天也会成为过去。"

"可惜明天不存在了。"

我默默地拿起本书，坐到旁边的凳子上。

"萧凌,你为什么不早告诉我?"

我翻着书。

"我并没有谴责你。"

我翻着书。

"你说话呀。"

"我没什么可说的了。"

"一切就这么完了?"

我啪地合上书。"你想让我忏悔,用泪水洗刷自己吗?对不起,我的泪水早就干了。"

"我只要求你诚实。"

"诚实?像我们学生时代所理解的诚实早就不存在了。你怎么可能要求一个你爱的人去拆自己伤口上的绷带呢?而另一种诚实需要的是沉默,默默地爱,默默地死!"

"我不习惯谈论死。"

"那就随便吧。人们以为习惯就是一切,而不知道习惯是一种连续性的死亡。"

"你应该对我负责。"

"不,我只对自己负责。"

"萧凌——"他绝望地喊了一声,双手紧紧抱住头。

我走过去，扳开他的手，把他的头紧紧压在我胸前。"讯，我理解你的痛苦……"

"原谅我。"他抬起充满泪水的眼睛，呆呆地望着我。

我们紧紧拥抱着吻着，我的嘴唇沾满他咸涩的泪水。一种母爱的感情油然而生，我应该帮助他，保护他。

他的目光从我肩上望过去，落在晶晶的照片上。"她几岁了？"

"两岁零三个月。"

"把她送人吧。"

我推开他，默默盯着他。

"真的，把她送人吧，这样会好一些。"

我走到门前，推开门。"你走吧。"

"萧凌……"

"你走吧。"

"难道不爱我了？"

"你还居然谈到爱。我看你只爱你自己，爱你的影子，爱你的欢乐与痛苦，还有你的未来！走吧。"

他迟疑地望着我，走到门口，停了一下，然后大步走出去，连头也没回。

我扑在床上，失声哭了。

十

〔林媛媛〕

照片，右下角已发黄：妈妈搂着一个瘦瘦的小姑娘站在花丛里。这就是我吗？记事本："今天是媛媛五周岁生日。体重21.5公斤，身高1.06米。用储蓄罐里的零钱买了一盒巧克力，结果吃得满脸都是。""媛媛的算术不及格，真急人。从今天起，每天检查她的作业。"发卡、钢笔、小手表、皮夹、信件……我把妈妈的遗物一件件重新放好。

从一叠信件中飘出张纸片，忽悠忽悠地落到桌上。

"东平：一切不必隐瞒，你过去的事情我已知道。对你的过去，我没什么可责备的。但希望你今后不要再和她来往（你上月到北京开会，仍和她保持关系。这件事人人都在议论。唯独我蒙在鼓里）。我知道，你对我没有感情，但为媛媛想一想吧，这是我唯一的请求……"

血液呼地涌上太阳穴，砰砰直响，我又读了一遍。记起来了,他们每回吵架都把门关死,可总像在为一件事。我走到五屉柜前,盯着瑞士小钟那跳动的金色秒针。妈妈,你真可怜,为什么不跟这个道貌岸然的伪君子离婚,仅仅为了我?妈妈。

发发走进来,屋里顿时飘着一股难闻的香水味。趁她没注意,我匆匆擦掉眼角的泪花。

"媛媛,看我这条百褶裙怎么样?"发发走到穿衣镜前,转了个圈。

我瞟了一眼。哼,一条刚刚遮住屁股的小裙子。"漂亮,"我没好气地说。

"我自己做的。"

"能干。"

"我帮你也做一条吧?"

"用不着。"

她一愣。"怎么又吃枪药啦?"

我没吭声。

"媛媛,"发发走过来,想把手搭在我肩上。"咱们干嘛老拧着劲儿呢?"

我躲开她的手。"我又没请你来。"

"下驱客令了?"

我转身走到桌前。

"呵，摆上谱了。别以为你爹官大，你也沾光。谁还不知道你们家那点儿底……"

"滚！"

"姓杨的怎么不来了？他爹官更大，你攀得上吗？"

我随手抄起砚台，发发吓得退了两步，一闪身溜出门去。我伏在桌上哭了。

时间一点点地滑过去。我抬起头，擦掉脸上的泪痕。哭有什么用？哭死也没人心疼你。我从台历扯下一页，胡乱涂了几个字，然后打开五屉柜，拉出几件衣服，塞进书包。

正午的太阳火辣辣的。行人都缩在路两边窄溜溜的阴影中。只有我在太阳底下漫无目的地溜达着。去哪儿呢？离开家足足两个小时了，主意还没拿定。总的感觉还算良好，只是肚子咕咕叫个没完，嗓子眼儿直冒烟。

我走进一家铺子。柜台前面摆着三四张桌子，几个三轮车夫模样的纷纷扭过头来，色迷迷盯着我。糟糕，钱包没带，只有几个硬币叮当响。我咽了口唾沫，把硬币放在污迹斑斑的柜台上，数了数。

"来两块蛋糕,"我说。

"不,来一斤。"背后有人搭腔,同时一张五块钱钞票盖在我的硬币上。

〔白华〕

媛媛扭过头。"嘿,白华。"

"怎么这副穷相?"

她笑了。"真奇怪,我一到紧要关头就碰上你。"

"什么关头?是房火还是娘嫁人?"

"咱们边上说。"她拿起那张票子。"再买点儿酒,行吗?"

"这钱是你的。"

我俩在一张桌旁坐下。媛媛呷了口白酒,呛得满脸通红,咳个不停。

"悠着点儿,"我说。

"真辣……我以前只喝葡萄酒。"

"那是糖水。"

"没错,这才带劲儿呢。"她又呷了一口。

"我说,你慢着点儿。"

"白华,我从小窝里逃出来了。"

我瞟了她一眼。

"你不信?"她问。

"不信。"

"骗人是小狗!告诉你说,我再也不想回去了。"

"为啥?"

"我烦,我讨厌那个死气沉沉的窝,我喜欢像你这样的生活,又轻松又自由……"

"你倒会添彩。我劝你一句,回去吧。"

"为什么?"

"像你这样描金画凤的日子连影儿也没有,趁没喝上西北风,赶紧回去吧。"

"不,就不!你小瞧人。"

"这么说,主意打定了?"

"那还用说。"

我用指头弹着杯子。"你打算去哪儿?"

"哪儿都行。"

"怎么个走法儿?"

她用食指蘸着酒在桌上画着道道儿。"我也没想好。"

撒尿拣小钱,算我走运。三天前,我连想也没想过离开这儿呢。准是那辆往南开的火车动了哪根弦儿,害得我在大野地里躺了半宿……树挪死,人挪活。再说,老天爷又给捎上这么个宝贝疙瘩。我白华离开这儿也没你们的安生日子过,堂堂主任的千金被拐跑了,哈哈,又是一台戏。

"这事嘛,我可以帮点儿小忙。"我说。

"白华,你太好了,我早知道你会帮忙的……"

"听着,今晚十一点在东站门口等我,我先去办点儿事,晚上见。"

西站候车室门口,三五个小贩蹲在墙根,没精打采地吆喝着。一个老瞎子用棍子哒哒地敲着水泥地面,从我跟前蹭过去。蛮子用破草帽遮住脸,正缩在墙角打呼噜。

我打掉他的草帽。

"妈的,谁呀?噢,华哥。"他打了个哈欠,直直腰,拣起草帽扇着风。"这天气闷死人。"

"今晚十点,在小铺门口等我。"我压低声音说。

"怎么提前了?"

"今晚上看样子有雨,再说,我打算夜里离开这儿……"

"走多长日子?"

"也许三五年,也许一辈子。"

"我跟你走。"

"不行,"我停顿了一下,然后慢悠悠说。"我走后,这里的家当都归你。"

"连小四?"

"对。"

蛮子的小眼珠都亮了。"多谢华哥!"

吱的一声,一辆绿色小轿车刹住,铁门拉开了,车子开了进去。

"谁的车?"我问。

"林东平林主任,呸!"蛮子朝车的方向啐了口唾沫,做了个玩弄的手势。"上回你捅了他的马蜂窝,这账他还没跟你算呢。"

"我得先跟他算。"

〔杨讯〕

站台上,我和林伯伯默默地吸着烟。

风拖着乌云缓缓移动。纸屑飞舞,和尘埃一起打着旋，沿长长的站台飘去。这个城市突然变得十分陌生，往事似乎被这堵高墙隔开。我就像一个途经这里的旅客，走到站台上，抽一支烟，吸一口新鲜空气，然后在汽笛和铃声的催促下，重新爬上车厢。

广播器吱地叫了一声，响起女播音员特有的那种催人入睡的声音。列车进站了。随着车头的喷气声，一个个车门的扶梯砰砰放下来，上下车的旅客叫嚷着，挤成一团。

"这儿太吵，咱们到车里坐一会儿。"林伯伯说。

我前后张望着，心不在焉点点头。

"你还在等谁？"

"没有。"我不知在回答他，还是自己。

我们坐在汽车后座上。

"老吴，"林伯伯说，"你先走吧，我自己开回去。"

吴胖子应了一声，摘掉手套，拎起小包，端着茶缸子，一摇一晃地哼着小曲走开。

"小讯，我理解你的心情。"林伯伯打破了沉默。

我把目光转向窗外。

"你给家里拍电报了吗？"

"没有。"

"该让妈妈早点儿知道。"

"没必要。"

"你太不通人情了。"

我扭过头。"对。这是从你们身上继承来的。"

"我们并不是这样的人。"

"那就更可悲。"

"为什么?"

"你们不配做一个模范官僚。"

"小讯,太放肆了!"

"对不起,我并不想和您吵架……"

一个熟悉的身影沿着站台奔跑,朝每个窗口张望。

我砰地推开车门。"萧凌——"

她停住了,慢慢地转过身来,站在那里,我迟疑了一下,冲过去。"我来晚了,"她说。

"不,萧凌……"

她从书包里掏出蓝皮笔记本。"带上吧,我答应过,等车开了再看。"

我默默接过本子,紧紧抓住,好像怕被风吹走似的。

广播器响了:"……马上就要开车了,请旅客们上车……"

"萧凌，我……"

她摇摇头。"别说话了，好吗？"

我们默默注视着。她皱着眉，鼻梁上出现几条浅浅的皱纹。有什么东西在我心里融化了，这个过程如此突然，远远超过了我的适应能力。

"上车吧，"林伯伯在我背后说。

我闪开身。"介绍一下，林伯伯，萧凌。"

萧凌大方地伸出手去。"您好！"

林伯伯尴尬地握住她的手。"唔，我们本来早该认识了。"

"现在也不晚吧？"

"不晚，不晚。"

铃声响了。

我踏上扶梯，把手伸给她。"再见！"

"你说什么？"

"再见，萧凌。"

"再说一遍吧，我求你。"

"再见，我会回来的。"

她悲哀地闭上眼睛。"再见。"

哐的一声，列车缓缓移动了。她下巴颏哆嗦了一下，猛地背过身去。

"萧凌——"

她转回身,脸色苍白,神情呆滞。她举起手臂,袖子滑落了,这纤细的手臂,浮在人群之上,浮在远去的城市之上。

〔林东平〕

我的眼前模糊了:绿色的信号灯,晚霞染红的乌云,建筑物黝暗的轮廓和那股久久不散的浓烟糅在一起。

姑娘垂下手,失神地站在那里。

"小萧,坐我的车走吧。"

"不用了。"

"没关系,我送你回厂。"

"我已经被厂里解除合同了。"

"什么?这不可能。"我讷讷地说,"我马上给他们打电话……"

"来纠正您自己的决定?"她摇摇头。"我都知道了。可您为什么在这种时候还要回避现实呢?其实从您的角度来说,你做得很对。"

"萧凌,我是为你们好。"

"我们小时候去看电影,总有大人告诉我们好坏之分。可在今天,我不知道这种词儿还有什么意义?"

我看了看手表。

"对不起,耽误您的时间了。"她说。

"没什么,我很喜欢这样的谈话。下一步,你打算怎么办?"

"回村去。"

"我可以给你重新安排工作。"

"谢谢,我恰恰不想得到这种恩赐。"

"你太固执了。"

"我们得把各自的角色演完。我相信这个世界不会总这样下去,这也许就是我们不同的地方。"

"你还年轻。"

她微微一笑。"所以这个世界显得太老了。再见,林伯伯。"

"再见。"

她朝了出站口处走去。风紧紧地裹着她的衣服,吹拂着她的头发。她消失在迷茫的暮色中。

我干了件什么蠢事啊,这个女孩被厂里开除了,今后的生活该怎么办？可我有什么责任呢？我只对我的儿子负责，这又有什么不对？再说，即使负责，也是厂方、小张、习惯势力的事情，我什么也没说，甚至连个眼色也没使。不，责任不在我。她往哪儿走，不会是寻死吧？也许应该追上她，安慰她。不，责任不在我。他们的心思真难以捉摸，这代人，他们在想些什么，他们要往哪儿走呢？

我打着火，把头俯在方向盘上，听着马达均匀的声响。隔了好久，我才踩动油门，汽车拐到大街上，人和树木的暗影一闪而过。绿灯……有人伸手拦车，踩闸，原来是苏玉梅。

"这风真讨厌。"她用手压住粉红色衬衣的一角。"把我捎上吧。"

我推开车门。"去哪儿？"

"哪儿都行。"她坐进来，掸掸身上的土。然后瞅了我一眼。用手指擦着车上的表盘。"您有什么不顺心的事儿呀？"

我猛地扳动离合器，车子向前冲去。她摔在靠背上，愣了一下。咯咯大笑起来。"我喜欢您现在这副模样，像个……"

方向盘大幅度转动。车子在广场拐了个弯,朝城门的方向驶去。闪电在车身上划过,雨点斜刺过来,眼前灰蒙蒙的一片。我打开雨刷。

在那个瘦弱的女孩子面前,我显得多么虚伪和不义呵,这一切是怎么开始的?然而就在她即将消失的一瞬间,我怎么觉得她很像若虹,年青时的若虹,尤其是那责备的目光。感情的波动只是一时的,而后果不堪设想。陈子健铁青的腮帮子上有一道刮破的小口。怎么我一想起这位当年地下党区委书记就是这副模样?他那模样确实让人终生难忘,恐怕还不是模样,而是那些仿佛钉进心里的话:"……你怎么敢和若虹同志有这样不正当的关系,她的爱人是解放区的领导同志……组织上决定:给予你留党察看处分,立即离开这里……"人的记忆有时清晰得可怕。在那条小河旁的树丛里突然出现的男孩子,拎着破口袋,手里拿着树枝,他惊讶的脸上露出一丝狡黠的笑。月光从背后照亮了他的肩头上的一块补丁,上面满是密密麻麻的针脚。其实,我并没有看清他的样子,只是从他露出的白花花的牙齿感到他在笑,一种初窥秘密的孩子式的笑。他猜到了我们在这幽静的地方干些什么。当时，若虹已经穿好衣服，紧紧地偎依在我身上，无声抽泣。是的，这是我们最后的分别。七年后尽管我们又在北京重逢，但毕竟已不是原来的若虹了，小讯也长得好高……

"停住！停住！"有人喊道。

一棵小树擦着车身飞过。我这才发现。车子正离开公路，沿着田野的坑洼剧烈颠簸着。计速器指针摇来摇去。我踩住闸，车身晃了晃，停下来。好险，前边是一道深渠。

"你抽什么风！"苏玉梅瞪着眼，握着双拳，好像准备随时扑过来。"快回去！"

轮胎空转着，终于向后退去，泥块向前甩着，落进看不见的渠水中。车子兜了个圈，拐上公路。

雨停了，大街上空荡荡的。昏暗的路灯下，几个男孩光着脚蹚水玩。他们追着车子跑了一阵，怪声怪气喊着什么。

"送我回家，"小苏余怒未消地说。

"住什么地方？"

"人民东路75号。"

这地址在哪儿见过？职工登记表，工会会员表……记

波动　215

不起来了。

她用胳膊肘碰碰我。"到了,前边的小门就是。"车子停下来。她舒了口气,用手理理头发。"进去坐会儿吧。"

"不晚吗?"

她没吭声,推门跳下车。我愣了一下,把车锁上,一跨出车门,脚就踩进水坑,灌了一鞋水。院里黑着灯。她从手提包里掏出串钥匙,走在前面。

"到哪儿去了?"忽然从房檐下走出个人影,说。

"哟?吓我一跳。"小苏退了一步,"我以为你下雨不来了呢。"

"后面是谁?"

"哦,我忘记介绍了,认识认识吧。"小苏闪到一边,咯咯笑了。

王德发凑到我面前,他的前额上贴着一绺湿漉漉的头发。

我打了一个寒战,掉转了头。

〔萧凌〕

售票处的小窗关着。一个盘辫子的姑娘背对窗口,一边嗑瓜子,一边和穿红背心的小伙子聊天。她的肩头颤动着,显然在笑。

我在小窗的玻璃上敲敲。

小伙子朝窗口指了指,姑娘转过身,拉开小窗,把脸一沉。"啥事儿?"

"买一张到洪水峪村的车票。"

"你没看见外面的牌子?!"她气呼呼地哼了一声。砰地把小窗关上。

我抬起头,牌子上写着:"因有大雨,明后天不通车。"结尾画了个扁扁的句号。在句号附近粘着个湿瓜子皮。

候车室里,几位老乡正聚在一堆,吧哒吧哒抽着旱烟,你一言我一语地扯着什么。门外,雨淅淅沥沥地下着,像块飘动的灰色门帘。我走下台阶,倚在房檐下,望着停车场上一排排长途汽车的轮廓。一束耀眼的光在车后闪了闪,照亮一格格车窗,像是淘气的孩子在玩手电筒。

我从书包里摸出玻璃夹,晶晶甜甜地笑着。一大滴泪水顺着她的面颊滚下来,原来是飞溅的雨水,我用拇指抹掉。不,我得回去,马上回去,哪怕徒步。我可怜的孩子。

忽然有人闪进屋檐下,把一个书包放在地上,传来硬币叮当声。他脱掉上衣,用手拧着,朝我这边瞥了一眼。

"白华。"

他惊愕地张大嘴,凑了过来,拧紧的衣服像根湿棍子垂在地上。

"怎么,不认识了?"我问。

"萧凌,你可真会逗闷子。怎么就你一个人?"

"一个人。"

"避雨?"

"还避风,避雷。"

"哎,这天气!"

"你不喜欢?"

"干这行图个黑灯瞎火,扯不上喜欢不喜欢。"

"喜欢风吗?"

"还行,别赶上寒冬腊月倒是不赖,溜溜地吹着,挺自在。"

"喜欢这城市吗?"

"算你说着了,我一会儿就离开这块猪不吃狗不啃的鬼地方。"

"去哪儿?"

"没个准地方,世界大着哩。"

真的,很大很大,一个人的悲哀和不幸算不了什么。

他掏出怀表,敲了敲表蒙子。"到点了。"

"好,再见。"

白华默默盯着我,突然,他紧紧抓住我的双手。

"轻点儿,白华,你疯了?"

"听我说句话吧。"

"说吧。"

"萧凌,我这辈子女人见多了,可没见过你这样的……说一声,喜欢我吗?"

我想了想。"就像你所说的喜欢风那样,只要别赶上寒冬腊月……"

"可眼下是夏天。"

"你心里不觉得冷吗?"

他咽了口唾沫,似乎还想说什么。他松开手,拎起书包和上衣,转身摇摇晃晃地走去,影子被灯光拉得长长的。

一只蝙蝠尖叫,在空中兜着圈。雨停了,我也该起程了。

十一

〔杨讯〕

我合上蓝皮本,点上一支烟。雨丝在玻璃窗上划出一条条不规则的细线。点点灯火在远处浮动。路基旁的灌木丛被散射到窗外的灯光照亮,一闪而过。

我朝玻璃窗上吐了口浓烟。又打开蓝皮本,继续看下去。

〔萧凌〕

左侧是深不可测的悬崖。崖边的树木在雨中沙沙作响,枝杈微微摆动。远处城市的灯火,已被山峦遮去。

道路,道路。

〔林东平〕

我从车库走出来,沿着花砖小路,踏上台阶,走廊里静悄悄的,壁灯射出柔和的光芒。

在媛媛卧室门前,我停下来,谛听着,然后敲了敲门。"睡了,媛媛?"

没有动静。我拧动门柄,拉开灯,床上空空的。屋里一片杂乱,五屉柜抽屉半开着,一条长裤拖在外面。桌上的茶杯下压了一张纸条:"爸爸,我走了,也许永远不回来了!"

〔林媛媛〕

脚下的碎石哗啦哗啦响着,旁边停着辆长得没头没尾的闷罐货车。

"你什么时候离开家的?"我问。

"我没有过家,"白华说。

"那你是怎么生下来的?"

"少啰嗦。"

"干嘛这么厉害,哼,人家随便问问。"

他在一个敞开门的闷罐车前停住。"上去。"

我费了好大劲儿才爬上去,嘿。挺暖和,角落里还有堆干草。我脱掉塑料雨衣。"就在这儿睡?"

〔杨讯〕

我合上本,拎起提包,朝车门走去。缓冲器嘎嘎响着,列车在一个小站停下来。我走下扶梯,迎着略带凉意的微风,朝亮灯的车站调度室走去,门口站着个精瘦的中年人。

"往南开的车什么时候经过这里?"我问。

"四十分钟以后。"

〔萧凌〕

传来一阵阵奇怪的轰鸣声。我还没明白怎么回事,咆哮的山洪盖过来。我随手抓住路边的一棵小树,滚动的石块哗哗作响,撞在脚踝和腿上,阵阵剧痛。

脚下的泥土松动了。我身子一歪,倒了下去……

〔白华〕

哐当一声,车身晃了晃。不大工夫,一声长长的汽笛。

"下去!"我说。

"我?"

"回家去,回到你爹那儿去。"

"你、你干嘛骗人?!"她咬着嘴唇说。

"下去!"我一步一步地把她逼到门口。

"坏蛋!"她说完,转身跳下去。

列车慢慢移动了。

〔杨讯〕

我走下车厢,检车工的小锤叮叮当当的敲击声,在这雨夜里显得格外响。水银灯被雨丝网住,变成朦胧的光晕。

栅栏门旁,检票的老头打着哈欠,他的胶布雨衣闪闪发亮。

〔萧凌〕

醒来,一棵小草轻拂着我的脸颊。在头顶的峭崖之间,迷雾浮动着。不久,天放晴了,月亮升起来。

一位和我酷似的姑娘。飘飘地向前走去,消失在金黄色的光流中……

1974 年 11 月初稿
1976 年 4 至 6 月二稿
1979 年 6 至 10 月三稿
2012 年 7 月修订

附录

断　章

一

　　1970年春，我从河北蔚县工地回北京休假，与同班同学曹一凡、史康成相约去颐和园。那年春天来得早，阳光四溢，连影子都是半透明的。我们并肩骑车，拦住马路，32路公共汽车鸣长笛，轰然驶过，扬起一阵烟尘。

　　曹一凡是同学也是邻居。在"上山下乡运动"大潮中，他和史康成是立志扎根北京的"老泡"。所谓"老泡"，指的是泡病号留在城里的人，为数不多但不可小看——除了有抵挡各种压力的坚韧神经外，还得深谙病理知识及造假技术。幸好有他们留守，几个月后我随工地迁到北京远郊，每逢工休泡在一起，读书写作听音乐，被邻居庞家大嫂称为"三剑客"。

　　北京近乎空城，颐和园更是人烟稀少。进正门，穿乐寿堂，玉兰花含苞欲放，木牌写着"折花者罚款五十元"。在排云殿码头租船，绕过石舫，向后湖划去。一路说笑。后湖更静，唱俄罗斯民歌，招来阵阵回声。我们收起桨，让船漂荡。

史康成站在船头，挺胸昂首朗诵："解开情感的缆绳／告别母爱的港口／要向人生索取／不向命运乞求／红旗就是船帆／太阳就是舵手／请把我的话儿／永远记在心头……"停顿片刻，他继续下去："当蜘蛛网无情地查封了我的炉台／当灰烬的余烟叹息着贫困的悲哀／我依然固执地铺平失望的灰烬／用美丽的雪花写下：相信未来……"

我为之一动，问作者是谁。**郭路生**，史康成说。朗读贺敬之和郭小川的诗，除朗朗上口，跟我们没什么关系，就像票友早上吊嗓子。最初喜爱是因为革命加声音，待革命衰退，只剩下声音了。在工地干活吼一嗓子：人应该这样生，路应该这样行——，师傅们议论：这帮小子找不着老婆，看给急的。而郭路生的诗如轻拨琴弦，一下触动了某根神经。

退船上岸，来到谐趣园，一个中年男人坐在游廊吹口琴，如醉如痴，专注自己的心事。我又想起刚才的诗句。郭路生是谁？我问。

不知道，听说在山西杏花村插队，史康成耸耸肩说。

原来是我们中的一个,真不可思议。我的七十年代就是从那充满诗意的春日开始的。当时几乎人人写旧体诗,陈词滥调,而郭路生的诗别开生面,为我的生活打开一扇意外的窗户。

二

1971年9月下旬某日中午,差五分十二点,我照例赶到食堂内的广播站,噼啪打开各种开关,先奏《东方红》。唱片播放次数太多,啦啦,那旭日般亮出的大镲也有残破之音。接近尾声,我调低乐曲音量宣告:六建三工区东方红炼油厂工地广播站现在开始播音。捏着嗓子高八度,字正腔圆,参照的是中央台新闻联播的标准。读罢社论,再读工地通讯员报道,满篇错别字,语速时快时慢,像录音机快进或丢转,好在没人细听,众生喧哗——现在是午餐时间。十二点二十五分,另一播音员"阿驴"来接班。广播一点钟在《国际歌》声中结束。

在食堂窗口买好饭菜,我来到大幕后的舞台,这是工地知青午餐的去处。说是与工人师傅"同吃同住","同住"不得已——几十号人睡大通铺,"同吃"就难了,除了话题，还有饭菜差异：知青工资低，可都是单身汉，专点两毛以上的甲级菜；而师傅拉家带口，只买五分一毛的丙级菜。

头天晚上，在食堂召开全体职工大会，就在这大幕前，由书记传达中央文件。传达前早有不祥之兆。先是工地领导秘密碰头，跟政治局开会差不多；下一拨是党员干部，出门个个黑着脸；最后轮到我们工人阶级，等于向全世界宣布：9月13日，林副统帅乘飞机逃往苏联途中摔死了。

说到政治学习，"雷打不动"，从周一到周五，每天晚上，以班组为单位。干了一天活，先抢占有利地形，打盹养神卷"大炮"。除了中央文件和社论，还什么都学，从《水浒》到《反杜林论》，这可难为大字不识的老师傅。而知青们来了精神，读了报纸读文件。那些专有名词在烟雾中沉浮。孟庆君师傅啐了唾沫开骂：杜林这小子真他妈不是东西，胆敢反对毛主席，先毙了再说。班长刘和荣一听乐了：小孟，学了半天你都没闹明白，人家如今在德国当教授，连恩格斯都管不了。插科打诨，政治学习成了娱乐。副班长周增尔（外号"比鸡多耳"）干咳一声，宣布散会。政治学习至少有一条好处：普及了国际地理知识——前天地拉那,昨天金边,如今又是哪儿?对了,温都尔汗。

我端饭盆来到幕后,席地而坐。林副统帅的幽灵引导午餐话题,七嘴八舌,包括逃亡路线等假设。我开口说话,单蹦的词汇成语流。滔滔不绝,一发不可收拾。我说到革命与权力的悖论,说到马克思的"怀疑一切",说到我们这代人的精神出路……直到安智胜用胳膊肘捅我,这才看到众人眼中的惶惑,他们纷纷起身告辞。转眼间后台空了,就剩下我俩。安智胜原是十三中的,跟我在同班组干活,志趣相投,都长着反骨。那年头,友情往往取决于政治上的信任程度。我们默默穿过大幕,下阶梯,到水池边刷碗。

回工棚取铁锹的路上,我仍沉浸在自由表达的激动中。再次被"文革"中反复出现的主题所困扰:中国向何处去?我们以往读书争论,有过怀疑有过动摇,但从未有过这种危机感——如临深渊,无路可退。彻夜未眠,如大梦初醒——中国向何处去?或许更重要的是,我向何处去?

阿开(我在工地的外号),安智胜打破沉默说,你得多个心眼儿。别那么实诚,刚才那番话要是有人汇报,就完蛋了。

我试图回想刚才说过的话，却无法集中思想。时代，一个多么重的词，压得人喘不过气来。可我们曾在这时代的巅峰。一种被遗弃的感觉——我们突然成了时代的孤儿。就在那一刻，我听见来自内心的叫喊：我不相信——

三

1973年一个春夜，我和史保嘉来到永定门火车站，同行的有原清华附中的宋海泉。此行目的地是白洋淀邸庄，探望在那儿插队的赵京兴和陶洛诵。赵京兴是我在北京四中的同学，低我一级；陶洛诵是史保嘉师大女附中的同学。1969年，赵京兴因写哲学书稿被打成"反革命"，与女友陶洛诵一起锒铛入狱，半年前先后获释。

为筹措路费，我把手表送委托行卖了——好像我们去时间以外旅行。等车时，在一家小饭馆吃宵夜，有道菜很有诗意，叫"桂花里脊"。保嘉和宋海泉聊天，我伏桌昏睡。汽笛声声。

我们搭乘的是零点开出的慢车，吱嘎摇晃，几乎每个小站都停。凌晨到保定,乘长途车抵安新县城,与宋海泉分手,再搭渔船,中午到邸庄。那是个百十来户的小村,四面环水,村北头一排砖房是知青宿舍,他们住尽头两间,门前有块自留地,种瓜种豆。

陶洛诵尖叫着,和保嘉又搂又抱。赵京兴矜持笑着,眼睛眯缝,在黑框眼镜后闪光。从老乡那儿买来猪肉、鸡蛋,一起生火做饭,香飘四溢。我们在昏暗的灯光下举杯。百感交集——重逢的喜悦,劫后的庆幸,青春的迷惘,以及对晦暗时局的担忧。短波收音机播放外国古典音乐,飘忽不定,夹杂着怪怪的中文福音布道。在中国北方的水域,四个年轻人,一盏孤灯,从国家到监狱,从哲学到诗歌,一直聊到破晓时分。

白洋淀的广阔空间,似乎就是为展示时间的流动——四季更迭,铺陈特有的颜色。不少北京知青到这儿落户,寻找自由与安宁。其实白洋淀非避乱世之地。1968年年底,我和同学来搞教育调查,正赶上武斗,被围在县城招待所多日,枪林弹雨。在造反派威逼下,我们硬着头皮参加武斗死难者的追悼会。

当年学校组织批判赵京兴,流传着陶洛诵的情书中的一句话:"少女面前站着十八岁的哲学家……"让我们惊羡不已。赵京兴内向，话不多，意志坚定。陶洛诵正好相反，她天性活泼，口无遮拦，永远是聚会的中心。在邸庄三天，我们常棹船出游。日落时分，湖水被层层染红，直到暮色四起，皓月当空。

一天下午，我和赵京兴单独在一起，他随手翻开《战争与和平》第四卷开篇，想听听我的看法。那是作者关于战败后彼得堡生活的议论，有这样一段话（就我记忆所及）："但是安定的、奢侈的、只操心现实中的一些幻影的彼得堡生活，还是老样子，透过这种生活方式，要费很大的劲才能意识到俄国老百姓处境的危险与困难……"

见我一脸茫然，他说：在托尔斯泰看来，历史不仅仅是关于王公贵族的记载。而普通百姓的日常生活，才是被历史忽略的最重要的部分。

你说的也是中国当下的历史吗？我问。

历史和权力意志有关，在历史书写中，文人的痛苦往往被夸大了。又有谁真正关心过平民百姓呢？看看我们周围的农民吧，他们生老病死，都与文字的历史无关。他说。

离开邸庄，我们到大淀头去看望芒克。芒克在小学当体育老师。进村跟孩子一打听,全都认识,前簇后拥把我们带到小学校。芒克刚跟学生打完篮球,汗津津的,把我们带到他的住处。小屋低矮昏暗,但干净利索,炕边小桌上放着硬皮笔记本,那是他的诗稿。

芒克解缆摇橹,身轻如燕,背后是摇荡的天空。刚解冻不久,风中略带寒意。是芒克把白洋淀,把田野和天空带进诗歌:"那冷酷而伟大的想象／是你在改造着我们生活的荒凉。"1973年是芒克诗歌的高峰期。他为自己二十三岁生日写下献辞:"年轻、漂亮、会思想。"

四

1974年11月下旬某个清晨,我写完中篇小说《波动》最后一句,长舒了口气。隔壁师傅们正漱口撒尿打招呼,叮当敲着饭盆去食堂。我拉开暗室窗帘,一缕稀薄的阳光漏进来,落在桌面,又折射到天花板上。

一个多月前,工地宣传组孟干事找我,要我脱产为工地搞摄影宣传展,我不动声色,心中暗自尖叫:天助我也。我正为构思中的中篇小说发愁。首先是几十号人睡通铺,等大家入睡才开始读书写作,打开自制台灯——

泡沫砖灯座，草帽灯罩，再蒙上工作服。再有，为了多挣几块钱，师傅们特别喜欢加班，半夜回宿舍累得贼死，把读书写作的精力都耗尽了。

说来这还是我那"爱好者"牌捷克相机带来的好运：给师傅们拍全家福标准像遗照，外加免费洗照片，名声在外。我一边跟孟干事讨价还价，一边盘算小说布局：首先嘛，要专门建一间暗室，用黑红双层布料做窗帘，从门内安插销——道理很简单，胶片相纸极度敏感，有人误入，革命成果将毁于一旦。孟干事连连点头称是。

暗室建成了，与一排集体宿舍的木板房毗邻，两米见方，一床一桌一椅，但独门独户。搬进去，拉上窗帘，倒插门，环顾左右。我掐掐大腿，这一切是真的：我成了世界上最小王国的国王。

由于整天拉着窗帘，无昼夜之分，除了外出拍照，我把自己关在暗室里。在稿纸周围，是我设计并请师傅制作的放大机，以及盛各种药液的盆盆罐罐，我从黑暗中冲洗照片也冲洗小说，像炼金术士。工地头头脑脑视察，必恭候之，待收拾停当开门，他们对现代技术啧啧称奇。我再拍标准照"贿赂"他们，用布纹纸修版外加虚光轮廓，个个光鲜得像苹果鸭梨，乐不可支。

原十三中的架子工王新华，那几天在附近干活，常来串门。他知道我正写小说，我索性把部分章节给他看。他不仅跟上我写作的速度，还出谋划策，甚至干预原创。他认为女主人公萧凌的名字不好，有销蚀灵魂的意思，必须更换。

这暗室好像是专为《波动》设计的，有着舞台布景的封闭结构、多声部的独白形式和晦暗的叙述语调。在晨光中完成初稿的那一刻，我疲惫不堪，却处于高度亢奋状态。

把手稿装订成册，首先想到的是赵一凡。自1971年相识起，我们成了至交。他是北京地下文化圈的中心人物，自幼伤残瘫痪，而那大脑袋装满奇思异想。他和家人同住大杂院，在后院角落，他另有一间自己的小屋。

待我在他书桌旁坐定，从书包掏出手稿。一凡惊异地扬起眉毛，用尖细的嗓音问：完成了？我点点头。他用两只大手翻着稿纸，翻到最后一页，抬起头，满意地抿嘴笑了。

你把手稿就放在我这儿。见我面有难色，他接着说，你知道，我的公开身份是街道团支部书记，这里是全北京最安全的地方。

想想也是，我把手稿留下。可回到家怎么都不踏实，特别是他那过于自信的口气，更让我不安。第三天下了班，我赶到他家，借口修改，非要取走手稿。一凡眯着眼直视我，大脑门上沁出汗珠，摊开双手，无奈地叹了口气。

五

1975年2月初，刚下过一场雪，道路泥泞。我骑车沿朝内大街往东，在人民文学出版社大楼东侧南拐，到前拐棒胡同11号下车。前院坑洼处，自行车挡泥板照例哐啷一响。穿过一条长夹道，来到僻静后院，蓦然抬头，门上交叉贴着封条，上有北京公安局红色公章。突然间冒出四五个居委会老头老太太，围住我，如章鱼般抓住自行车。他们盘问我的姓名和单位，和赵一凡的关系。我信口胡编，趁他们稍一松懈，突破重围，翻身跳上自行车跑了。

回家惊魂未定。人遇危难，总是先抱侥幸心理，但一想到多年通信和他收藏的手稿，心里反倒踏实了。让我犯怵的倒是躲在角落的苏制翻拍机必是当时最先进的复制技术），如果《波动》手稿被他翻拍，落在警察手里，就算不致死罪，至少也得关上十年八年。我仔细计算翻拍所需的时间：手稿在他家放了两夜，按其过人精力及操作技术，应绰绰有余。但心存侥幸的是，既然手稿归他保管，又何必着急呢？

出事第二天，工地宣传组解除我"首席摄影师"职位，逐出暗室，回原班组监督劳动。摄影宣传展无疾而终。孟干事宣布决定时，低头看自己的指甲，一丝冷笑，似乎总算解开暗室之谜。

我灰头土脸，卷铺盖搬回铁工班宿舍。陈泉问我出什么事了。他是来自农村的钣金工，是我的铁哥儿们。可很难说清来龙去脉。陈泉叹了口气说：我知道你好这个——读呀写呀，可这都啥年头啦？别往枪口上撞。我嫌烦，往外挥挥手，他哼着黄色小调走出门。

我每天继续打铁。在铁砧上，阎师傅的小锤叮当指引，而我的14磅大锤忽快忽慢，落点不准。他心里准在纳闷，但不闻不问。保卫组的人整天在铁工班转悠，跟师傅搭话拉家常，偏不理我。

下了班，我忙于转移书信手稿，跟朋友告别，做好入狱准备。我去找彭刚，他是地下先锋画家，家住北京火车站附近。听说我的处境,二话没说,他跟他姐姐借了五块钱,到新侨饭店西餐厅,为我临别壮行。他小我六七岁,已有两次被关押的经验。席间他分析案情,教我如何对付审讯。皮肉之苦不算什么,他说,关键一条,绝对不能信"坦白从宽,抗拒从严"。在新侨饭店门口分手,风乍起,漫天沙石。他拍拍我肩膀,叹了口气,黯然走开。

那年我二十六岁,头一次知道恐惧的滋味:它无所不在,浅则触及肌肤——不寒而栗;深可进入骨髓——隐隐作痛。那是没有尽头的黑暗隧道,只能硬着头皮往前走。我甚至盼着结局的到来,无论好坏。夜里辗转反侧,即使入睡,也会被经过的汽车惊醒,倾听是否停在楼下。车灯反光在天花板旋转,悄然消失,而我眼睁睁到天亮。

几个月后,危险似乎过去了。危险意识是动物本能,不可言传,但毕竟有迹可寻:保卫组的人出现频率少了,见面偶尔也打招呼;政局有松动迹象;电影院上映罗马尼亚电影;女孩们穿戴发生微妙变化,从制服领口露出鲜艳的内衣。

我决定动手修改《波动》。首先是对初稿不满,不甘心处于未完成状态。再说受过惊吓,胆儿反倒大起来。在家写作,父母跟着担惊受怕,唠叨个没完。我跟黄锐诉苦,他说他大妹黄玲家住十三陵公社,正好有间空房。

我走后门开了一周病假,扛着折叠床,乘长途车来到远郊的昌平县城。黄昏时分,按地址找到一个大杂院,跟门口的男孩打听。他刚好认识黄玲,为我领路,穿过晾晒衣服被单的迷宫,直抵深处。黄玲和新婚的丈夫刚下班,招呼我一起吃晚饭。隔几户人家,他们另有一间小屋,仅一桌一椅,角落堆放着纸箱。支好折叠床,我不禁美滋滋的:天高皇帝远,总算找到了"世外桃源"。

没有窗帘,很早就被阳光吵醒。在桌上摊开稿纸,我翻开由中国电影出版社出版的电影剧本《卡萨布兰卡》。这本小书借来多日,爱不释手,对我的修改极有参考价值,特别是对话,那是小说中最难的部分。

我刚写下一行,有人敲门,几个居委会模样的人隔窗张望。我把稿纸和书倒扣过来,开门,用肩膀挡住他们的视线。领头的中年女人干巴巴地说:"我们来查卫生。"无奈,只好让开。她们在屋里转了一圈,东摸摸西动动,最后把目光落在倒扣的稿纸上。那女人问我来这儿干什么,答曰养病,顺便读读书。她抚摸稿纸一角,犹豫片刻,还是没翻过来。问不出所以然,她们只好悻悻地走了。

刚要写第二行,昨晚领路的男孩轻敲玻璃窗。他进屋神色慌张,悄悄告诉我:刚才,我听她们说,说你一定在写黄色小说。他们正去派出所报告。你快走吧。我很感动,摸摸他的头说:我是来养病的,没事儿。还得谢谢你了,你真好!他脸红了。给黄玲留下字条。五分钟后,我扛着折叠床穿过院子,仓皇逃窜。

六

1976年1月8日,周恩来去世。死讯投下巨大的阴影,小道消息满天飞,从报上排名顺序和字里行间,人们解读背后的含义。自3月底起,大小花圈随人流涌入广场,置放在纪念碑四周,堆积如山。松墙扎满白色纸花。

我每天下了班,乘地铁从始发站苹果园出发,直奔天安门广场。穿行在茫茫人海中,不知何故,浑身直起鸡皮疙瘩。看到那些张贴的诗词,我一度产生冲动,想把自己的诗也贴出来,却感到格格不入。

4月4日清明节正好是星期天,悼念活动达到高潮。

那天上午,我从家乘14路公共汽车到六部口,随着人流沿长安街一路往东,抵达广场。混迹在人群中,有一种隐身与匿名的快感,与他人分享温暖的快感,以集体之名逃避个人选择的快感。我想起列宁的话:"革命是被压迫者和被剥削者的盛大节日。"在花圈白花的伪装下,广场有一种神秘的节日气氛。我东转转西看看。有人站在高处演讲,大家鼓掌欢呼,然后共谋一般,掩护他们消失在人海中。

我回家吃完晚饭,又赶回天安门广场。趁着夜色,人们胆子越来越大。晚九点左右,我转悠到纪念碑东南角,在层层紧箍的人群中,突然听到有人高声朗读一篇檄文:"……江青扭转批林批孔运动的大方向,企图把斗争的矛头对准敬爱的周总理……"他读一句停顿一下,再由周围几个人同声重复,从里到外涟漪般扩散出来。公开点名"江青",比含沙射影的诗词走得更远了,让我激动得发抖,不能自已。在苍茫暮色中,我坚信,一个翻天覆地的变化快要到来了。

4月5日星期一,我上班时心神不宁,下班回家见到曹一凡,才知道事态的发展:当天下午,愤怒的人群不仅冲击人民大会堂,还推翻汽车,火烧广场工人指挥部小楼。当晚,镇压的消息,通过各种非官方渠道传播。

第二天一早,史康成骑车来找曹一凡和我,神色凝重,眉头紧锁,却平静地说,他是来道别的,把女朋友托付给我们。他决定独自去天安门广场静坐,以示抗议。那等于去找死。可在那关头,谁也无权劝阻他。他走后,我深感内疚:为什么不与他共赴国难?我承认自己内心的怯懦,为此羞惭,但也找到自我辩护的理由:"天生我材必有用"——我必须写下更多的诗,并尽早完成《波动》的修改。

由于戒严,史康成根本无法进入广场,从死亡线上回来了,回到人间,回到女朋友和我们身边。两个月后,我改好《波动》第二稿。

七

1976年8月上旬某天下午,在同班同学徐金波陪伴下,我去新街口文具店买来厚厚的精装笔记本和小楷毛笔,回家找出刮胡刀片。打开笔记本扉页,在徐金波指导下,我右手握刀片,迟疑片刻,在左手中指划了一刀。尖利的疼痛。由于伤口不深,仅沁出几滴血珠,我咬牙再深划一刀，血涌出来，聚集在掌心。我放下刀片，用毛笔蘸着血在扉页上写下："珊珊，我亲爱的妹妹"，泪水夺眶而出。

大约十天前，1976年7月27日傍晚，家中只有我和母亲，她已调回人民银行总行医务室上班，父亲仍留在昌平的人大、政协干校劳动，当工人的弟弟在山上植树造林，他们每周末回家。

那天晚饭后来了个客人，叫姜慧，她娇小可爱，丈夫是高干子弟。她写了一部长篇政治小说，涉及"文革"中党内权力斗争，江青是主人公之一。说实话，那小说写得很粗糙，但话题敏感，正在地下秘密流传。

九点半左右，姜慧起身告辞。我陪她下楼，到大院门口，看门的张大爷从传达室出来，说你们家长途电话。姜慧陪我进了传达室。拿起听筒，先是刺耳的电流声，电话接线员彼此呼叫。原来是湖北襄樊南漳县的长途，是珊珊所在的工厂打来的。终于传来一个小伙子的声音，姓李，也是人民银行总行的子弟。他的声音忽近忽远，断断续续：珊珊，她、她……今天下午……在河里游泳……失踪了，你们别急，全厂的人都在寻找……你们还是派人来一趟吧……

我紧握听筒,听到的是自己血液的轰响。传达室的灯在摇晃。姜慧关切的目光和遥远的声音。我不知所措,紧紧抓住她的手嗫嚅着,待冷静下来,示意她先走。

回家脸色苍白,母亲问我出了什么事,我搪塞过去。骑车到电报大楼,给父亲和弟弟分别打电话。跟父亲只说珊珊生病了,让他明早回家。跟弟弟通话,我说"珊珊被淹了",避开"死"这个字眼。

再回到家,母亲已躺下,她在黑暗中突然发问:到底出了什么事?我说没事,让她先睡。我在外屋饭桌前枯坐,脑海一片空白。我们兄妹感情最深,但近来因自身困扰,我很少给她回信。

凌晨三点四十二分,山摇地动,墙上镜框纷纷落地,家具嘎嘎作响。从外面传来房屋倒塌的轰响和呼救声。我首先想到的是世界末日,心中竟有一丝快意。邻居呼喊,才知道是大地震。我搀扶着母亲,和人们一起涌到楼下。大院满是惊慌失措的人,衣衫不整。听说地震的中心在唐山一带。

父亲和弟弟上午赶回,亲朋好友也闻讯而来,相聚在乱哄哄的大院中。这时收到珊珊的来信,是三天前写的。她在信中说一切都好,就是今年夏天特别热,要我们多保重。

大家最后商定，先瞒着母亲，由表姐夫陪同我和父亲去襄樊。我和父亲一起上楼取旅行用品。他在前面，驼着背，几乎是爬行，我紧跟在后，跌跌撞撞，真想与争吵多年的父亲和解，抱着他大哭一场。

由于地震，去襄樊的一路交通壅塞混乱，车厢拥挤不堪。到了目的地，才知道事故原委：7月27日下午，珊珊带几个女孩去蛮河游泳。那天上游水库泄洪，水流湍急，一对小姐妹被卷走了，妹妹消失在漩涡中。珊珊一把抓住姐姐，带她游向岸边，用全身力气把她托上岸，由于体力不支，她自己被急流卷走了。第二天早上，才在下游找到尸体。她就这样献出自己的生命，年仅二十三岁。

在堆满冰块的空房间，我握住她那有颗黑痣的左手，失声痛哭。第二天火化时，我把她二十岁生日时写的献诗放进棺木。我终日如游魂飘荡，从宿舍到办公室，从她出没的小路到出事地点。我把一把把野菊花抛进河中。

在她的日记本上，我找到她写下的一行诗："蓝天中一条小路。"是啊，自由与死亡同在，那有多大的吸引力。回家路上，我时时感到轮下的诱惑。但我知道，除了照顾父母，还有更重要的事等着我去完成，为了珊珊也为了我自己。我承担着两个生命的意志。

掌中的血快用尽了，徐金波帮我挤压伤口，让更多的血流出来。我在纪念册的扉页上写道：珊珊，我亲爱的妹妹，我将追随你那自由的灵魂，为了人的尊严，为了一个值得献身的目标，我要和你一样勇敢，决不回头……（大意）

八

1976年9月9日下午，我和严力在芒克家聊天。芒克跟父母一起住计委大院，父亲是高级工程师，母亲是复兴医院护士长。严力住在附近，常来常往。我们正抽烟聊天，芒克的母亲进屋说，下午四点有重要广播。

那是多事之秋。1月8日周恩来去世，3月8日吉林陨石雨，4月5日天安门事件，7月6日朱德去世，7月28日唐山大地震。还能再有什么大事？我们不约而同想到了一起，谁也没点破。

下午四时，从家家户户的窗口传出哀乐，接着是播音员低沉的声音：

> 中国共产党中央委员会主席、中国共产党中央军事委员会主席、中国人民政治协商会议全国委员会名誉主席毛泽东,今日零时十分在北京逝世,享年八十三岁……

我们对视了几秒钟,大家的表情有点怪,有点变形,好像被一拳打歪——这一时刻让人猝不及防。

回家的路上,一扇扇窗户亮了。我骑得很慢,并不急于回家。高音喇叭和收音机相呼应,哀乐与悼词在空中回荡。有人在哭。北京初秋燥热,有一股烧树叶的味道。并行骑车的人有的已戴上黑纱,表情麻木,很难猜透他们在想什么。

第二天早上,各单位和街道居委会搭建灵堂,组织追悼会,出门必戴黑纱。我正为珊珊服丧,这倒不难。再说我长期泡病号,很少出门,在家重读艾伦堡的《人·岁月·生活》。

9月18日下午,在天安门举行官方追悼会,电视台、电台现场直播。我们全楼仅我家有一台九英寸黑白电视,成了文化中心。午饭后,楼下贺妈妈(曹一凡的母亲)和李大夫等老邻居陆续落座,一边安慰痛不欲生的母亲,一边等着看电视直播。我避开她们,独自退到窗口,在离电视机最远的地方坐下。那一刻,我有候鸟般精确的方位感:我背后正南约五公里是电报大楼,再沿长安街向东约三公里即天安门广场。

从电视镜头看去,天安门广场一片肃杀,悼念的人们由黑白两色组成,国家领导人一字排开。下午三时,由华国锋主持追悼会。他用浓重的山西口音宣布:"全体起立,默哀三分钟……"我母亲和老邻居们慌忙站起来。我迟疑了一下,身不由己也站起来,低下头。我到底为谁起立默哀?自己也说不清,是为了我自幼崇敬而追随过的人,为了献出自己年轻生命的珊珊,还是为了一个即将逝去的时代?

九

1978年12月20日,北京下了场少见的大雪,几乎所有细节都被白色覆盖了。在三里屯使馆区北头有条小河,叫亮马河,过了小木桥,是一无名小村,再沿弯曲的小路上坡,拐进一农家小院,西房即陆焕兴的家。他是北京汽车厂分厂的技术员。妻子叫申丽灵,歌声就像她名字一样甜美。"文革"初期,她和父母一起被遣返回山东老家,多年来一直上访,如今终于有了一线希望。

地处城乡之间的两不管地区(现称城乡接合部),这里成了严密统治的盲点。自七十年代中期起,我们几乎每周都来这里聚会,喝酒唱歌,谈天说地。每个月底,大家纷纷赶来换"月票",陆焕兴是此中高手,从未出过差错。

这里成了《今天》的诞生地。12月20日下午,张鹏志、孙俊世、陈家明、芒克、黄锐和我陆续到齐,加上陆焕兴一共七个。直到开工前最后一分钟,黄锐终于找来一台油印机,又旧又破,显然经过"文革"的洗礼。油印机是国家统一控制的设备,能找到已算很幸运了。大家立即动手干活——刻蜡版,印刷,折页,忙得团团转。

那是转变之年。1978年4月5日,中共中央决定全部摘掉右派分子的帽子。5月11日,《光明日报》刊登《实践是检验真理的唯一标准》的特约评论员文章,成为政治松动的重要信号。上访者云集北京,有数十万人,他们开始在西单的灰色砖墙张贴大小字报,从个人申冤到更高的政治诉求。10月17日,贵州诗人黄翔带人在北京王府井张贴诗作,包括横幅标语"拆毁长城,疏通运河","对毛泽东要三七开"。11月14日,中共北京市委为1976年"四五事件"平反。12月18日至22日,中共中央召开十一届三中全会第三次会议。

1978年9月下旬一天晚上,芒克和我在黄锐家的小院吃过晚饭,围着大杨树下的小桌喝酒聊天,说到局势的变化,格外兴奋。咱们办个文学刊物怎么样?我提议说。芒克和黄锐齐声响应。在沉沉暮色中,我们的脸骤然被酒精照亮。

我们三天两头开会,商量办刊方针,编写稿件,筹集印刷设备和纸张。纸张不成问题。芒克是造纸厂工人,黄锐在工厂宣传科打杂,每天下班用大衣书包"顺"出来。张鹏志在院里盖了间小窝棚,成了开编辑会的去处。我们经常争得面红耳赤,直到深更半夜。张鹏志不停播放那几张旧唱片,特别是拉赫玛尼诺夫第二钢琴协奏曲,那旋律激荡着我们的心。

从12月20日起,我们干了三天两夜。拉上窗口小布帘,在昏暗的灯光下,大家从早到晚连轴转,谁累了就倒头睡一会儿。陆焕兴为大家做饭,一天三顿炸酱面。半夜一起出去解手,咯吱咯吱踩着积雪,沿小河边一字排开拉屎,眺望对岸使馆区的灯火。河上的脏冰反射着乌光。亮马河如同界河，把我们和另一个世界分开。

12月22日（中共中央十一届三中全会闭幕），干到晚上10点半终于完工，地上床上堆满纸页，散发着强烈的油墨味。吃了三天炸酱面，倒了胃口，大家决定下馆子好好庆祝一下。骑车来到东四十条的饭馆（全城少有的几家夜间饭馆之一），围小桌坐定，除了饭菜，还要了瓶二锅头，大家为《今天》的诞生默默干杯。

我们边吃边商量下一步计划。首先要把《今天》贴遍全北京，包括政府部门（中南海、文化部）、文化机构（社会科学院、人民文学出版社《人民文学》和《诗刊》）和公共空间（天安门、西单民主墙），还有高等院校（北大、清华、人大、北师大等）。确定好张贴路线，接着讨论由谁去张贴。陆焕兴、芒克和我——三个工人两个单身，我们自告奋勇，决定第二天上午出发。

从夜间饭馆出来，大家微醺。告别时难免有些冲动，互相拥抱时有人落了泪，包括我自己——此行凶多吉少，何时才能欢聚一堂。你们真他妈没出息，掉什么眼泪？陆焕兴朝地上啐了口唾沫，骂咧咧的。

骑车回家路上，跟朋友一个个分手。我骑得摇摇晃晃，不成直线，加上马路上结冰，险些摔倒。街上空无一人。繁星,树影,路灯的光晕,翘起的屋檐像船航行在黑夜中。北京真美。"解开情感的缆绳/告别母爱的港口/要向人生索取/不向命运乞求/红旗就是船帆/太阳就是舵手/请把我的话儿/永远记在心头……"我想起头一次听到的郭路生的诗句,眼中充满泪水。迎向死亡的感觉真美。青春真美。

2008 年 10 月

Copyright © 2015 by SDX Joint Publishing Company.
All Rights Reserved.
本作品版权由生活·读书·新知三联书店所有。
未经许可，不得翻印。

图书在版编目（CIP）数据

波动／北岛著．—北京：生活·读书·新知三联书店，2015.7（2018.7 重印）
（北岛集）
ISBN 978-7-108-05258-2

Ⅰ．①波…　Ⅱ．①北…　Ⅲ．①中篇小说-中国-当代　Ⅳ．① I247.5

中国版本图书馆 CIP 数据核字（2015）第 053169 号

责任编辑	冯金红
装帧设计	木　木
责任印制	宋　家
出版发行	生活·讀書·新知 三联书店
	（北京市东城区美术馆东街 22 号 100010）
网　　址	www.sdxjpc.com
经　　销	新华书店
印　　刷	河北鹏润印刷有限公司
版　　次	2015 年 7 月北京第 1 版
	2018 年 7 月北京第 2 次印刷
开　　本	880 毫米×1092 毫米　1/32　印张 8.625
字　　数	123 千字
印　　数	20,001-28,000 册
定　　价	57.00 元

（印装查询：01064002715；邮购查询：01084010542）